ブラックガード

BLACK GUARD 木内一裕

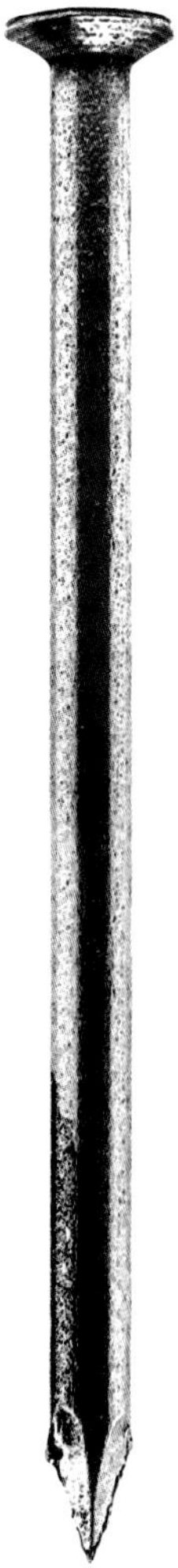

講談社

目次

BLACK GUARD

ブラックガード
BLACK GUARD

装幀・カバーイラスト　堀池　仁（結工藝）

第一章

誘拐と殺人

BLACK GUARD
—— *Chapter 1* ——

1

朝昼兼用の食事を終えて事務所に戻ると、固定電話が鳴っていた。時刻は正午まであと数分といったところだ。矢能《やの》政男《まさお》は煙草に火をつけ、くわえ煙草で電話に出た。

「矢能探偵社です」

「あの、弁護士の竹村《たけむら》と申します。鳥飼《とりかい》弁護士からのご紹介でお電話させていただきました」

五十代と思われる、落ち着いた男の声だった。

「なるほど」

矢能は以前、鳥飼美枝子《みえこ》という弁護士の依頼で働いたことがある。そのときの矢能の仕事ぶりが余程お気に召したのか、それ以降鳥飼弁護士はやたらと仕事を振ってくるようになった。だが矢能はその大半を断っている。

「もし可能なら、これから当方の事務所まで足を運んでいただけませんでしょうか？」

「断る」

「えっ？　……あの、お忙しいのは承知しておりますが、なんとか話だけでも……」

忙しくはなかった。逆にヒマすぎるぐらいだ。そのことも鳥飼弁護士から聞いているであろう弁護士の竹村が、こうも低姿勢に出ているのは、矢能がどういう人物なのかについてもたっぷり聞かされているからに違いない。

「用があるんなら、そちらから足を運んでいただきたい」

矢能はそう言った。

「それが、依頼人の方が直接あなたにお目にかかりたい、と申されておりまして……。その方はご高齢で、脚を悪くされておられるものですから……」

竹村は言った。

「ですから、どうか……」

「鳥飼弁護士から聞いてると思うが、私はめったに依頼を引き受けない。どうせ断ることになるのに、わざわざ煙草が吸えない場所に出向くのは気が進まない」

「はぁ、煙草、ですか……」

「だからまず、あなたが一人で私のところに来て話をする。もしも私が引き受ける気になったら改めてその老人を訪ねる。これでどうです？」

これで諦めるだろうと思った。

こんな面倒くさい奴を相手にしなくても、探偵なんぞ世の中にはいくらでもいる。だが、竹村は諦めなかった。

「では、ウチの事務所で煙草が吸えるようにしておきます。美味しいコーヒーもお出しします」

「ほう」

「私も、依頼人も、あなたを必要としているんです」

「………」

「なんでしたら、たとえ断られたとしても、きょう一日ぶんの報酬はお支払いいたしますが」

「いや、そういうことじゃない」

「あの、そこをなんとか……」

「わかった」

「え？」

「伺《うかが》いますよ」

おお、と竹村が安堵《あんど》のため息を漏《も》らした。

「助かります。では、本日午後二時ではいかがですか？」

「ああ、では二時に」

矢能は先方の弁護士事務所の所在地をメモして電話を切った。ソファーに座り込んで盛大に煙を吐き出す。なぜ、そうまでして俺を傭《やと》いたがるのか。矢能はそれが気になっていた。浮気調査や家出人捜しといった案件で、鳥飼弁護士が矢能を紹介するわけがない。

おそらく普通の探偵なら引き受けない、危険を伴う人物の調査なのだろう。ヤクザに強い探偵だ、とでも鳥飼弁護士が触れ回っているのだろうか。ため息が出た。

矢能は灰皿に煙草を押しつけると、数時間後に小学校から戻る栞《しおり》に、仕事で出かける、とメモを残して事務所を出た。

自分でレクサスを運転して千代田《ちよだ》区の内《うち》幸《さいわい》町《ちょう》に向かった。竹村の事務所は、日比谷《ひびや》公園からほど近い一角にあるビルに入っている。中野《なかの》の矢能の事務所からは四十分ほどの距離だ。

カーナビのルート案内が終了した辺りでコインパーキングを見つけて車を駐め、そのまま車の中で煙草を吸い、読みかけの文庫本を読んで時間を潰《つぶ》した。

こうも煙草が吸いづらい世の中になると、移動に自分の車を使わなければならない理由が明確になった。電車を降りたらとりあえず喫茶店で一服、というわけにはいかなくなったからだ。夜の店ならまだしも、昼間に座って煙草を吸える場所を見つけるのは至難のワザだ。

午後二時まで一〇分になったところで本を閉じ、煙草を消して車を降りる。歩き出して数分で目的地にたどり着くことができた。古いがかなり見栄《みば》えのする、風格のある外観のビルだった。

表のアプローチに立つステンレスの標示板によると、七階と八階のフロアは全て竹村の事務所が占めている。かなり金儲けが上手い弁護士らしい。

エレベーターで七階に上がった。ドアが開くと正面に、竹村総合法律事務所、と洒落《しゃれ》たロゴが描かれたガラスの自動ドアがあった。

中に入ると、そこは美術館のロビーを思わせる待合スペースになっていた。高級そうな革張りのベンチが並んでいるが、誰も座ってはいない。受付カウンターの女性が起ち上がり、

「矢能様でいらっしゃいますね？」

と笑顔を向けてくる。矢能が頷《うなず》きを返すと、どこからともなく現れた新たな受付嬢スタイルの女性が、

「お待ち申し上げておりました。ご案内いたします」

と丁寧なお辞儀をして、先に立って歩き出す。奥の窓に面したゆったりとした通路をしばらく進むと、突き当りに重厚な木のドアがあった。案内の女性がドアを開けて矢能を中に通した。

そこは、一流ホテルのロビーの一隅を思わせる待合スペースだった。控えめな間接照明が灯る壁面に沿ってアンティーク調の豪華なソファーが並んでいる。煙草よりも葉巻が似合う空間だ。

案内の女性はさらに奥の扉をノックして、

「矢能様がお見えになりました」

そう声をかけてからドアを開け、矢能を振り返って頭を下げる。矢能が室内に足を踏み入れると、六十に近いと思われる恰幅《かっぷく》のいい男が歩み寄ってきていた。

「ようこそおいでくださいました」

電話と同じ声が言った。竹村は、頭頂がかなり薄くなった髪をオールバックにした、グレーの三つ揃えのスーツを着ている黒縁眼鏡の男だ。弁護士というより、昭和の財界人、といった印象だった。矢能の背後で静かにドアが閉まる音がした。

その部屋はＶＩＰの顧客用の応接室らしく、マホガニー材と大理石とペルシャ絨毯と年代物の布張りのソファーと額装の油絵が揃っていた。通常であれば、間違っても矢能が通されることのない部屋であることは一目瞭然だった。だが、矢能の関心は竹村の背後に半ば隠れている車椅子の老人に向けられていた。

「私がお電話差し上げた弁護士の竹村です。そしてこちらが――」

竹村が半身になって老人を掌で示した。ようやく老人の顔がはっきりと見えた。七十代後半と思しき厳格そうな風貌の痩せた男だ。きちんとスーツを着てネクタイを締め、下半身にはダークグリーンのブランケットが掛けられている。ただ黙って矢能を見ていた。

「私の長年の顧客であり、今回の依頼人である正岡道明《まさおかみちあき》氏です」

「矢能です」

矢能はそれだけ言った。老人に品定めされている感覚があった。

「ではこちらへどうぞ」

竹村は、ソファーとは反対側の、六脚のチェアがセットされたアンティークなテーブルに矢能を誘《いざな》う。車椅子への対応なのがわかった。

「どうぞお掛け下さい」

勧められた椅子に矢能が腰を下ろすと、竹村はその正面の椅子を脇に除《よ》け、老人の背後に廻り込んで車椅子を空いたスペースまで押してきた。そして自分は老人の隣の椅子に座った。

「どうぞ、お好きなだけお吸い下さい。まもなくコーヒーも参りますので……」

テーブルには美術品のように見える真鍮《しんちゅう》製の皿が置いてあった。灰皿のようには見えないが、どんな用途に使うものなのかの見当もつかない。

「まず最初に伺っておきたい」

　矢能は言った。

「なぜ、私なんです？」

　まず正面の老人を見て、それから竹村に視線を移した。

「あなた方なら、いくらでも従順な家来がいるはずだ」

　竹村は、困惑したような笑みを浮かべた。

「その疑問への回答は、あなたがもたらしてくれるものと期待していたんですがね」

「ん？」

「なぜ、あなたなのか。それは我々にとっても謎だということですよ」

「どういうことです？」

「まぁ、順を追ってご説明しましょう」

　そのときノックの音がして、ドアが開いた。先ほどの案内の女性がコーヒーを載せたトレイを運んでくる。コーヒーのいい香りが漂ってきた。

　三人の男の前にコーヒーを置き、シュガーポットとミルクピッチャーをテーブルに置いた女性は、竹村が脇に除けた椅子を抱えて壁際まで運び、それからトレイを手に取ると深々と一礼してから部屋を出ていった。

矢能は華奢《きゃしゃ》なカップを手に取り、ひと口啜《すす》った。たしかに旨《うま》いコーヒーだった。カップを皿に戻すとシャツのポケットから煙草のパッケージを取り出し、一本くわえて火をつける。

「いつでも始めてくれ」

「えー、先日正岡氏に、とある人物から商談が持ち掛けられました」

竹村が、言葉を探りながら話し始めた。

「かなりの高額な商品の購入を促《うなが》してきたのです」

「………」

強請《ゆす》りか。矢能はそう思った。

「その商品の品質次第では、購入してもよいと正岡氏はお考えなのですが、なにぶん非常に慎重を要する商品なものですから……」

「もうよい」

初めて老人が声を出した。嗄《しわが》れた、威厳を感じさせる声音《こわね》だった。

「持って回った言い方は時間の無駄だ。私が話す」

竹村にそう言うと、矢能に向き直る。

「一昨日《おとつい》の夜、正体不明のサトウと名乗る男から電話がかかってきた。買ってもらいたいものがある。その男はそう言った。この歳になるともう欲しいものなどない。私がそう言うと、そんなあなたが、いくら払ってでも手に入れたいと思うようなお品なんですがね、と言ってきた。そう言われて、私には一つ思い当たるものがあった」

矢能はコーヒーを飲み、煙草を吸いながら黙って聞いていた。

「代金は二億。サトウはそう言った。もしそれが、私の思っているものなら、たとえ二億払ってでも買い取る価値のあるものだ」

二億か。なかなかのネタだ。少し興味が湧いた。

「すぐにそれを私のところに持って来い。私は言った。それが本物であると私を納得させることができたなら、その場で二億払ってやる、と」

矢能には、その話の展開が読めてきていた。

「そう簡単に姿を現すわけにはいかない。サトウはそう言った。それに、その品がどこにあるのかも知られるわけにはいかない。俺はあんたがどういう人間かを知ってるんだからな、と」

強請り屋は、この老人をどういう人間だと言っているのか。

「今後の交渉のために人を傭ってもらう。サトウはそう言ってきた。中野で探偵事務所を開いている、矢能、という男だ。急いだほうがいいぜ。また連絡する。それで電話が切れた」

「なるほど」

矢能は言った。

「……といったようなご相談を受けまして――」

竹村が代わって話を続けた。

「私がいつも調査に使っている探偵社に、矢能という探偵のことをなにか知っているか、と訊ねましたところ、例の冤罪事件で活躍した元ヤクザですよ、との応えが返ってきまして……」

そこでまた竹村は、言葉を探るような表情を見せた。

「それで、少しあなたのことを調べさせてもらいました。いやー、あちらの業界では、かなりのキャリアをお持ちのようで……」

「で？」

「えー、そこでまず我々が考えたのは、その矢能という探偵は、電話をかけてきた男と、その、なんと申しますか……」

「グルなんじゃないか」

矢能が代わりに言ってやった。

「え、ええ、そういった可能性も検討せねばならんものですから……。それで、少し前に世間を騒がせた、あの冤罪事件を扱った鳥飼弁護士にお訊ねしてみたところ……」

ヤクザ丸出しだ、とでも言ったのだろうか。

「矢能氏は、信頼に値する人物です。そう言われました」

竹村は控えめな笑顔を見せた。どういう意味の笑顔なのかはわからない。

「鳥飼弁護士がなんと言おうと、それで矢能という男が強請り屋とグルなんじゃないのか、との疑念が拭《ぬぐ》えるものじゃない」

矢能は言った。

「だから本人をここに呼んで、様子を見てみようと思った。そういうことかな？」

「強請り屋？」

老人が怪《け》訝《げん》な声を出した。

「キミはこれを強請りだと思っているのか？　私が脅迫されていると？」

「違うとでも？」

「私は強請られてなどおらん」

「だったら、なんで相手は姿を隠す？　出てきて堂々と交渉すればいい」

「それは、……その品が、違法に入手されたものだからだ」

老人は、矢能の眼を見てそう言った。矢能はそれを信じなかった。

「まぁ、そういうことにしておこう」

そう応えた。

2

「それで、あんた方はどうしたいんだ？」

矢能は、老人と、その弁護士を交互に見て言った。

「先方とグルかも知れない男を傭うのは危険だ。どんなガセネタを摑《つか》まされるか知れたもんじゃない。だが、傭わなければ交渉は前に進まない」

老人は無表情だった。竹村は困惑していた。

「俺は、グルではないことを証明することはできない。なにを言ってもあんた方は信じないからだ。そして俺は、信じてもらう努力をしようとは思わない」

「では、あなたの意見を聞かせて下さい」

竹村が言った。

「あなたから見て、我々はどうすればよいと思われます？」

「俺を傭わないことだ。それで先方がどう出てくるかを見てみればいい」

矢能は短くなった煙草を真鍮の皿に押しつけた。そろそろ引き上げる頃合いだと思っていた。

「どうしても、あなたを傭え、と言ってきたら？」

竹村が言った。

「俺に断られたと言えばいい。グルじゃないかと疑ったせいでヘソを曲げられた、とでも言っておけ。それで少なくともあんた方は、いま抱えているジレンマからは脱《ぬ》け出せる」

「あなたが、そう言うということは……」

竹村が言った。

「すなわち、あなたがグルではない、ということの証《あか》しなのでは？」

「そう思わせるための手かも知れない。俺を傭ったら、いずれあんたらはそのことを疑い出す」

矢能はそう言って、コーヒーの最後のひと口を飲み干した。

「コーヒーのお替わりはいかがです？」

すかさず竹村が言った。こいつらは、まだ俺を帰らせる気はないらしい。そう思った。

「いや結構」

矢能はそう言った。これ以上長居《ながい》するつもりはなかった。だがそれを老人が阻《はば》んだ。

「キミは、なぜ自分が指名されたのだと思うね？」

「さあ」

「キミの推測で構わん。聞かせてくれ」

矢能は諦めて、新たな煙草に火をつけた。

「なぜ俺なのかはともかく、先方は正岡さん、あんたを警戒している。警察《サツ》に通報するとは思っちゃいないが、あんたはカネを払うより、相手を捕《と》らえてブツを奪おうと考える種類の人間だ、そう思っている」

「私は、二億ぐらいのカネをケチったりはせん」

「カネの問題じゃなくても、理由はいろいろとあるもんだ。相手の言いなりにはならん、というプライドなのかも知れんし、ブツを手に入れたあと、相手を野放しにはしたくない事情があるのかも知れん。要はあんたがどういう種類の人間か、ということだ」

「…………」

「だから先方は、あんたの息のかかった人間とは交渉したくない。だからといって自分サイドの人間を差し出すわけにもいかない。そいつが捕まってしゃべらされる虞《おそ》れがあるからな」

「無関係の第三者が必要だということか……」

「だからといってコンプライアンスを遵守する種類の人間を噛《か》ませるわけにはいかないし、素人があいだに入っても話は一向に前に進まない」

「この場合の、素人、とは？」

竹村が口を挟んだ。

「非合法の交渉事のツボがわかっていない人間、という意味だ」

矢能の応えに、竹村が微《かす》かに首を傾《かし》げる。

「それは、たとえばどのような……？」

「そうだな、仮にあんたが交渉役だとして、先方から人けのない怪しげな場所に、一人で来い、と言ってきたらどうする？」

「私は、行かない」

竹村はその状況を想像したのか、怯《おび》えのような表情を見せた。

「それで交渉は停滞する」

矢能がそう言うと、すかさず竹村が、

「では、一般の探偵に依頼した場合は？　コンプライアンスの問題はクリアできたとして……」

「そいつらはチームで動くだろうな。無線で連絡を取り合いながら、不測の事態が起きれば即応できる体制を整えておくはずだ。だが先方は、そういう状況を望まない」

「キミならば……」

老人が言った。

「無線なし、応援なしで乗り込める、というわけか」

矢能は僅《わず》かに肩をすくめた。

「俺を殺しても、向こうにメリットはない」

「要は、度胸の問題ということかな？」

老人が、微かな笑みを見せた。

「慣《な》れの問題だ、とも言える」

矢能はそう言った。

「………」

老人は黙り込み、やがて一つため息をついた。

「この男を、傭ってみるしかないだろう」

と、竹村に顔を向ける。

「私も、そう思っていたところです」

竹村が言った。

「残念だが、俺は引き受けない」

矢能は煙草を消して起ち上がった。

「報酬ははずむぞ」

老人が言った。

「いくら払えば引き受けてくれる？」

「俺は、俺を信用しない人間の依頼は受けないし、あんたは誰一人信用しないで生きてきた種類の人間だ」

「なぜそう思う？」

「あんたを見て、そう思わないほうがどうかしてる」

「………」

矢能は、老人がなにか言い出す前にドアに向かって歩き出した。

「待って下さい」

椅子から腰を浮かせて竹村が言った。

「とりあえずきょうの報酬をお支払いします。もう一度座って下さい」

「コーヒー代だ。釣《つ》りは取っとけ」

そう言って部屋を出た。


事務所に戻ったのは午後四時過ぎだった。ドアを開けると栞がソファーから起ち上がった。

「おかえりなさい」

「ただいま」

そう言って矢能はソファーの定位置に腰を下ろす。栞はミニキッチンのほうへ歩きながら、

「コーヒーは？」

「ああ、頼む」

栞は小学三年生。血は繋《つな》がっていないが矢能の娘だ。

「お仕事はどうでしたか？」

コーヒーメーカーに水を注ぎながら栞が言った。そう訊かれるのはわかっていた。

「断った」

栞は矢能が仕事をするといつも喜ぶ。いい返事ができないのがつらかった。

「そうですか……。また危険なお仕事だったんですか？」

やはり、いつものように栞は落胆を隠さなかった。

「危険かどうかはわからん。弁護士からの電話だったんで出かけてみたが、結局は薄汚い世界の話だった」

「探偵のお仕事って、大抵そんなもんなんじゃないんですか？」

「いや、そうじゃない仕事だってある」

「そうじゃない依頼を、いままで一度でも引き受けたことがありますか？」

「…………」

栞はいつも正しいことを言う。この手の話題ではいつも矢能が言い負かされていた。だからといって矢能はそれが嫌ではなかった。栞を言い負かすよりもずっといい。そう思っていた。

矢能は煙草に火をつけた。窓の外は暗くなり始めていた。しばしの沈黙のあと、

「きょうは、鍋の用意はしてないのか？」

独り言のように言ってみた。栞はかつて矢能が、仕事で出かける、とのメモを残して出かけたときに「久しぶりのお仕事なので、お祝いというか……」と言って、一人で寄せ鍋の用意をして矢能の帰りを待っていたことがある。そのときも、矢能は仕事を引き受けずに帰ってきた。

「どうせ、断ってくるじゃないですか」

栞はコーヒーをカップに注ぎながら言った。

「たしかに」

「食べたいんですか？」

「あのときの鍋は旨かった」

そこに栞がコーヒーを運んできた。小さな手に矢能用の大きなマグカップを重そうに持って、こぼさないようにゆっくりと近づいてくる。応接セットのローテーブルにマグカップを置くと、

「では、ちょっとスーパーに行ってきます」

栞はそう言って矢能に背を向けた。

「いや、きょうはいい」

矢能の言葉に栞が振り返る。

「でも、食べたいんですよね？」

「次の仕事が決まったときにしてくれ」

栞は、フッ、と笑みを浮かべた。

「わたしは、早く作りたいですよ」

「ああ、知ってる」

矢能は唇を火傷《やけど》しそうなほど熱いコーヒーをひと口啜《すす》った。栞が矢能の正面のソファーに腰を下ろす。栞の笑顔は続いていた。

「そういえば、さっき電話がかかってきました」

「依頼の電話か？」

「わかりません。出かけてます、と言ったら、また電話します、ってそれだけ……」

「そうか」

「もしかすると、お鍋も結構早いかも知れませんね」

「そうだな」

だが矢能は、その電話に期待してはいなかった。どうせ矢能が戻るころを見計らって竹村が、もう一度ご検討いただけませんか、などと言うつもりで電話してきたんだろう。そう思っていた。

栞のために、そして栞の鍋を喰うために、そろそろ依頼を引き受けよう、という気持ちに嘘はなかった。だが、胡散《うさん》臭い連中のトラブルに巻き込まれるのにはうんざりしていたし、だからといってカメラ片手に浮気亭主のあとを尾《つ》け廻すような仕事をやるつもりもない。

矢能が引き受ける気になるような依頼が、いったいいつになったら舞い込むのかは、神のみぞ知る、といったところだ。

「なにか食べたいものはあるか？」

矢能は話題を変えてみた。

「あなたは？」

栞はいつもこうだ。だから矢能が、栞の喜びそうなものを提案しなければならない。

「そうだな、寿司でも喰うか？」

「だったら、回転寿司がいいです」

「もっと旨い寿司を喰わせてるだろ？」

矢能は、いままで一度も回転寿司に行ったことがなかった。

「あんまりお仕事してないんだから、贅沢《ぜいたく》はしないほうがいいと思います」

栞が真顔で言った。

「子供がカネの心配をするな」

「それは心配してません。親の考え方を心配してるんです」

「なんで寿司を回さなきゃいけないんだ？」

「さあ、子供が喜ぶからじゃないですか？」

栞がにんまりと笑った。矢能には返す言葉がなくなった。火傷をしない温度になったコーヒーを飲み終えると、短くなった煙草を消して起ち上がった。

「行くぞ」


初めての回転寿司は、思っていたほど悪くなかった。それなりに旨いと感じるネタもいくつかあった。結局食事の良し悪しは、なにを喰うか、よりも、誰と喰うか、だ。栞との食事はいつも楽しい。そのことを再確認した。

帰りにコンビニに寄って、ふんわり手巻きのロールケーキとイタリアンプリンを買った。

3

インターホンのチャイムで起こされた。しぶしぶ目を開けベッドサイドの時計を見ると、まだ朝の九時半だった。

登校する栞に睡眠を邪魔されないように、矢能はいつもこのビルの六階にある２ＤＫではなく二階の事務所の奥の小部屋で寝ている。じゃあ俺の睡眠を邪魔したのは誰だ？　どうせ郵便局か宅配便の配達だろう。そう思った。

「はい？」

ぶっきらぼうにインターホンに応えると、竹村弁護士の切迫した声が返ってきた。

「すみません。緊急事態です」

「二、三分待ってくれ」

そう言って受話器を戻す。実際には七分ほど待たせた。トイレで小用を済ませ、洗面所で口を漱《ゆす》ぎ、寝癖を直してから、いつものダークスーツに白シャツ・ノーネクタイの姿に着替えてドアを開ける。ドアの外では竹村だけでなく、車椅子の正岡も待っていた。

「お待たせしました」

大きくドアを開けると、竹村が車椅子を押して入ってくる。「どうぞ」と矢能は応接セットを手で示した。ソファーの脇に車椅子を駐め、矢能がソファーに座り込むのを待ってからその正面に竹村が腰を下ろす。

「こんな時間に二人揃ってお出ましとは、電話では済まない話、ということかな？」

矢能は言った。煙草をくわえて火をつける。

「いえ、何度もお電話したんですが、お出にならないもので……」

竹村が言った。

「なるほど。……で、緊急事態とはなに事です？」

「孫が攫《さら》われた」

正岡が言った。険《けわ》しい顔をしている。

「え？」

「十九歳の孫娘が誘拐されたんだ」

「だったら警察に行くべきだ。俺の出る幕じゃない」

矢能はそう言った。誰でもそう思う話だ。

「攫ったのは、あの、例の電話の男だ」

正岡が言った。だろうな。矢能はそう思った。そうでなければ朝っぱらからこの二人がやって来るわけがない。だが、この急展開の意味がわからない。

「先方の目的は商品を売ることのはずだ。なぜ孫を攫う必要がある？」

矢能は訊ねた。

「キミが、引き受けてくれなかったからだ」

「あ？」

「昨夜またサトウから電話がかかってきた。矢能を傭ったか、と言ってきた。私はキミの意見に従った。断られた、そう言った。グルではないかと疑ったせいで機嫌を損ねてしまった、とな」

「ああ」

「緊張感が足りないな、サトウはそう言った。それじゃ取引は上手くいかないぞ。それで電話が切れた」

「で？」

「けさ八時過ぎに孫の携帯から電話がかかってきた。意外に思ったが出てみると、サトウの声がした。これで真剣に取引する気になったかな？　そう言った」

「…………」

「孫を返せ！　私は言った。矢能を傭え、俺は矢能としか交渉しない、早くしないとお孫さんが可哀想だよ。サトウはそう言って電話を切った」

「なるほど」

なぜ先方は、そのサトウと名乗る男は、そこまで俺にこだわるのか。そう思った。

「引き受ける気になったか？」

正岡が矢能を見据えて言った。

「警察には届けないのか？」

矢能は言った。正岡は首を横に振った。

「キミを傭えなかったというだけで孫を攫った相手だぞ。警察に知らせたら、孫は生きて帰ってはこない」

「そして、あんたは商品の存在を警察に知られたくない」

正岡は矢能の言葉には応えず、

「サトウの目的はカネだ。警察は取引の邪魔になる」

そう言った。

「あんたはどう思うんだ？」

矢能は竹村に眼を向けた。

竹村が言った。

「私は正岡氏に同意しますよ」

「ただ、まだ本当にお孫さんが誘拐されたのかどうか、確認できてはいません。もしかしたら、スマートフォンを盗まれただけなのかも知れない」

それはないな。矢能は思った。スマホを盗める立場にいる奴が、孫娘には手を出さないでいる理由が思い浮かばない。そして、サトウと名乗る男が孫娘を攫ったフリをする理由も思い浮かばなかった。

「現在私の事務所の者を、お孫さんが通う成蹊《せいけい》大学に向かわせています。学校に来ていないのかどうかの確認と、フェイスブックやインスタグラムで親しい友人を特定して、話を聞くようにと命じてあります」

「あまり騒ぎ立てると、学校側が動揺して警察に届けるかも知れない」

矢能は言った。

「ええ、そうならないよう充分注意するように指示しておきました」

竹村の話はそれで終わった。

「引き受けてくれるだろうな」

正岡が言った。

「俺に、なにをさせたいんだ？」

矢能は言った。

「孫を無事に取り返してくれればそれでよい」

「商品がガセだったら？」

「孫を人質に取られてるんだ。相手の要求を飲むしかあるまい」

「わかった。やってみましょう」

矢能はため息をついた。正岡も安堵のため息を漏らした。

「けさの電話は、あんたの携帯に？」

「そうだ」

正岡が背広の内ポケットからスマートフォンを取り出す。

「貸してくれ」

矢能が左手を伸ばすと、正岡は顔認証でロックを解除したスマホを差し出した。矢能は電話の履歴を開く。一番上には〈竹村弁護士〉、その下には〈紗耶香〉と表示されていた。けさの八時一七分の着信だ。

「攫われたのは、紗耶香《さやか》さん、ですね？」

「そうだ」

矢能は、〈紗耶香〉の項の右端のⓘをタップして情報ページを開き、メッセージのアイコンをタップする。現れたキーボードで〈矢能だ。この番号に電話しろ。〉と入力し、そのあとに自分のスマホの番号を打ち込んで送信した。正岡にスマホを戻す。

「キミへの報酬は、いくら払えばいい？」

正岡が言った。

「いまのあんたには選択肢がないんだ。足元を見るような真似はしたくない」

矢能は言った。短くなった煙草を灰皿に押しつけて、

「仕事が終わったあとで、ふさわしい額を決めてくれ」

竹村が、驚いたような顔で矢能を見ていた。正岡は、なにか言おうと顔を上げたが、そのとき矢能のスマホが鳴り出した。

画面を見ると、登録していない番号からだった。紗耶香のスマホの番号とも違う、０９０から始まる番号だ。

「矢能さんか？」

男の声が言った。四十前後か。矢能はそう見当をつけた。

「サトウだな？」

矢能の言葉に微かな笑いが返ってきた。

「ヤマダでもタナカでも、好きに呼んでくれていいよ」

「サトウでいい。なぜ俺を巻き込む？」

「俺は、信用できる相手と取引したいんだ。あんたのことは、いろいろと噂で聞いてるんでね」

「どんな噂だ？」

「筋を通す男だ、ってね……」

「時と場合による」

「俺は悪党だが、あんたの敵じゃない。そこんとこは理解してもらいたいね」

「なぜそうだと言える？」

「俺も、あんたも、目的は同じだ。とっとと取引を済ませて、お嬢ちゃんを早く自由にしてやりたい。そうだろ？」

「………」

「だったら協力し合えるんじゃないかな？」

「身代金《みのしろきん》はいくらだ？」

「そんなものはいらない。営利誘拐じゃないんだ。俺は真《ま》っ当《とう》な取引がしたいだけだよ」

「ほう」

それは意外だった。

「なんなら俺が身代金に一億要求してることにして、あんたが懐《ふところ》に入れたって構わないぜ」

「俺はそういう商売はしない」

「フッ、やっぱりあんた、噂通りの男だな」

「商品の価格に交渉の余地はあるのか？」

「ない。身代金は取らないが値引きもしない。……どうだい、真っ当だろ？」

「ああ。……この先、どう進めたい？」

「そちらは？」

「そうだな、まずは人質の安全と、商品の真贋《しんがん》を確かめたい」

「わかった。ではその前に、一億ずつ同じサイズのダンボール箱に詰めて、いつでも運び出せるように用意しておいてもらおう。ニセ札はなし。追跡装置《トラッカー》もなしだ。いいかな？」

「わかった」

「カネの用意に時間がかかる、なんて御託《ごたく》は聞きたくない。昼までに済ませてくれ」

「できる限り急ぐ」

「では、また午後に電話するよ」

それで電話が切れた。

4

「なんと言ってる？」

正岡が言った。矢能はスマホをポケットに仕舞うと正岡に向き直り、

「身代金はなしだ」

「え？」

竹村が驚きの声を上げた。

「商品代金の二億に、プラス身代金を二億、ぐらいは言ってくるかと思いましたが……」

「真っ当な取引がしたいと言ってる」

「信じていいのか？」

正岡が言った。

「いまのところ、疑う要素はなにもない」

「そうか……」

「現金で二億用意するのにどのくらいかかる？」

「部下に電話すれば、一時間で揃えられる」

「では、一億ずつ同じサイズのダンボールに詰めて届けさせてくれ。封はしなくていい。一切の小細工はなしだ」

　正岡は頷くと、スマホを取り出し電話をかける。端的に矢能が言ったことを全て伝えていた。電話が終わると矢能は言った。

「問題は、商品の真贋を確認することだ」

「………」

　正岡は無言で矢能を見ていた。

「その商品とは、なんなんです？」

「人間だ」

　正岡はそう言った。

「人間？　……人をカネで買うのか？」

「そうだ」

　正岡は、矢能から眼を逸《そ》らさずに言った。

「そいつは何者《なにもん》です？」

「キミが知る必要はない」

「そいつを買ってどうする？　そいつはあんたにとってどんな価値があるんだ？」

「キミがそれを知ることは、今回の依頼には含まれていない」

「だったら、どうやって俺に本人だと確認できる？」

「確認は私の部下がやる。キミは私の部下を一人同行させてくれればいい」

「サトウは、俺以外とは交渉しないと言ってるぞ」

「交渉人はキミだ。交渉人が、鑑定人を一人連れて行くだけのことだ。問題はあるまい？」

「…………」

「サトウも、商品の真贋をキミが確かめられないことはわかっている。別の人間が鑑定しに来ることは想定済みのはずだ。そうでなければ取引は成立しない」

「まぁ、それはいいとしよう。だがな、弁護士先生の前でこんな話をしてていいのか？」

「この男なら問題ない」

正岡が竹村のほうに顎《あご》を振った。矢能は竹村に向かって言った。

「大丈夫かい？　いま、人身売買の話をしてるんだぞ」

「そうでしょうか？　まだわかりませんよ」

竹村は平然と言った。

「正岡氏は、このままでは殺される立場にいる人物を、二億もの大金を払って救おうとしているのかも知れない。だとすれば、美しい話です」

「あるいは、移植に必要な適合する臓器の持主を、闇ルートで買うのかも知れん」

矢能は言った。

「ええ、どんな可能性だってあります。ですが、弁護士の役目というのは、まだ起きてもいない犯罪を未然に防ぐことではありませんのでね……」

「ほう」

「もちろん、事前に違法な行為をすると聞かされていれば、やるべきではない、と助言するのは当然のことですが、仮にそれが聞き入れられなかったとしても、私には守秘義務がありますのでどうしたものやら……」

「なるほど、そちらのスタンスは了解した」

「あなたは弁護士の助言を受けてこの依頼を引き受けたんです。ご心配はいりませんよ」

竹村が、自信ありげな笑みを見せた。

「だが俺は納得したわけじゃない」

矢能は正岡に言った。

「この先、俺は俺の判断で、あんたの望まないこともやるぞ」

「キミの判断は尊重する」

正岡が言った。

「キミは、紗耶香を無事に取り戻すことだけを考えて行動してくれればいい。それ以外のことは全てキミの与《あずか》り知らぬことだ」

「いいだろう。……お孫さんの、最近の写真は？」

「ああ」

正岡はスマホを操作して、画面に写真を表示させると矢能に手渡す。その写真は正岡と孫娘のツーショットだった。硬い表情の正岡に顔を寄せて微笑んでいるのは、整った顔立ちをしているが地味な印象の、真面目な女子大生、といったタイプの女の子だ。

「これは、いつの写真です？」

「私の、誕生祝いのときだから、二ヵ月ほど前だ」

矢能は、その写真をショートメールに添付して自分のスマホに送った。

「お孫さんの名字は？　正岡ですか？」

「そうだ」

「じゃあ息子の娘？」

「娘の娘だ。シングルマザーでな」

「お孫さんとは同居ですか？」

「いや、紗耶香は大学の近くのマンションで独り暮らしだ」

「この件を娘さんには？」

「知らせておらん」

「なぜです？」

「無用の心配をさせるだけだ」

「お孫さんを取り戻したら、どうすればいい？　本人のマンションに送り届けるのか……」

「無事な姿が見たい。私のところに連れて来てくれ。竹村のオフィスで待機している」

「わかった。……まぁ、いまのところはこんなもんだろう」

矢能は正岡にスマホを返して起ち上がった。

「あとはこっちでやる。あんたらはもう引き上げてくれていい」

「じきに、私の部下がカネを届けにここに来る」

正岡が言った。

「田崎《たさき》という男だ。その男がキミに同行する」

「ああ」

「なにか必要なものがあれば、田崎に言ってくれればいい」

「わかった」

竹村が起ち上がり、自分のスマホで電話をかけ始めた。

「正岡氏がお帰りになります。車を廻して下さい」

なるほど。表では電動リフトつきの正岡の車と、屈強なボディガード兼専属運転手が待機していたのだろう。

電話を仕舞うと竹村は、車椅子の背後に廻ってロックを解除した。

「では、頼んだぞ」

正岡の言葉に、矢能は頷きを返した。

「できる限りのことはやってみますよ」

矢能がドアを開けて二人を送り出した。


インターホンが鳴ったのは、小一時間が経過したころだった。

「入ってくれ」

矢能はドアに向かって直接声を投げた。ドアを開けて入ってきたのは、三十を過ぎてはいないように見える若い男だった。

濃紺のスーツに薄いブルーのシャツを着て、きちんとネクタイを締めている。髪は小ざっぱりと整っていて、髭《ひげ》もきれいに剃ってあった。若いが有能なビジネスマン、という印象だった。だが、そのまま近づいてこようとはせず、開けたままのドアの前に立って矢能を見ていた。

「田崎か？」

矢能はソファーの定位置に座ったままで声をかけた。

「ええ」

なんの感情もないかのような、雑な返事だった。顔立ちはハンサムな部類に入るのだろうが、暗い性格が顔に出ている。

「こっちに来い」

矢能の言葉に田崎が無表情に近づいてくる。矢能は正面のソファーを指で示した。

「座れ」

「いえ」

また雑な返事だった。田崎はソファーの脇に立ったまま座ろうとはしない。矢能となんらかのコミュニケーションを取ろうというつもりはないらしい。矢能もそれで構わなかった。腹も立たない。こういう対応には慣れていた。揉めている相手のヤクザ組織の事務所に乗り込んだとき、取り次ぎに出てきた若い衆の態度は大抵こんなもんだった。笑顔で握手をしても意味はない。

「携帯の番号を教えろ」

田崎は上着の内ポケットから名刺を一枚取り出し、矢能の前のテーブルに置いた。手に取るとその名刺には〈正岡コーポレーション　総務部　田崎航基《こうき》〉とあり、オフィスの住所と電話番号とともに、携帯電話の番号が記載されていた。

「カネは？」

「表の車の中です」

「あとで確認に行く」

矢能のその言葉に会釈《えしゃく》の一つも見せずに背を向け、田崎はそのまま事務所を出ていった。

十一時になるのを待って矢能は事務所を出た。外階段で下に降りると、目の前の路上にダークグレーのメルセデスEクラスのステーションワゴンが駐まっていた。

左ハンドルの運転席から田崎が降りてくる。そのまま車の背後に廻り込むと自動でリアゲートが開いた。近づいてきた矢能のために田崎が脇に避《よ》ける。

荷台には同じサイズの無地のダンボール箱が二つ並んでいた。片方の蓋を開くと、一千万ずつビニールでパックされた、通称〈レンガ〉と呼ばれる塊が十個入っていた。なんらかの追跡装置らしきものは見当たらない。もう一つの箱もチェックしたが、なにも問題はなかった。

矢能は田崎に頷いて見せると、そのまま朝昼兼用の食事を摂《と》りに、矢能の事務所が入っているビルの向かいにある、いつもの中華屋に向かう。青椒肉絲《チンジャオロースー》定食を食べて事務所に戻った。

5

食事の前も、食事中も、食事のあとも、矢能はずっと一つのことを考え続けていた。スムーズに取引を終えるためには、どのような手順を踏むべきなのか、ということだ。

人質を取られているからといって、なんでも相手の言いなりになるわけにはいかない。サトウが指定してきた場所に向かう途中で襲撃されて、カネを奪われる可能性もあった。商品がガセである場合には充分あり得る展開だ。あるいは商品が本物であっても、先にカネを奪ってから商品を渡すほうが安全だ、と考えるかも知れない。

カネを払わずに商品を奪う。商品を渡さずにカネを奪う。世の中には、そういった輩《やから》が掃《は》いて捨てるほどいる。非合法の取引には絶《た》えずその危険がつきまとっていた。

今回サトウは、商品と人質の、二人の人間を監禁している。

おそらく、その二人は別々の場所にいるはずだ。だからカネを払わずに商品を奪うことはできない。そんな真似をすれば人質の身に危険が及ぶからだ。

サトウが紗耶香を拉致した目的の一つは、正岡に矢能を傭わせることだ。どんな高条件を提示してでも矢能を傭わなければならない、と正岡に思わせ、矢能にも、引き受けざるを得ない、と思わせる状況を作る。それは見事に成功していた。

だが、それだけではない。矢能はそう考えていた。

もし、それでも矢能が引き受けなかった場合には、人質が、正岡に公正な取引をさせるための保険としての機能を発揮する。そのことを念頭に置いていたのではないか。

矢能が正岡の依頼を断ったと知ると、すぐに孫を攫った。当初その行動は突飛《とっぴ》なものに思えたが、実は最初から孫の拉致も計画の一部として調査、準備がなされていたのではないか。サトウという男が、非常に周到な考え方をする人物であるように矢能には思えてきていた。

だとすれば、サトウの持っている商品は本物で、せっかく手に入れた、正岡以外には売れない商品を速《すみ》やかに現金化するための拉致なんじゃないのか。そう思った。ガセの商品でカネを騙《だま》し取ろうとする奴が誘拐までやる理由がわからない。ならば最初から営利誘拐をやればいいだけのことだ。まぁ、ガセの商品を本物らしく思わせるための手、だと考えられなくもないが……。

もしかして、本命は孫の拉致のほうなんじゃないのか。ふいにそんな考えが浮かんだ。

サトウは、正岡という資産家が脱税や非合法の稼ぎによって得た裏金を現金で貯め込んでいることを聞きつけ、そのカネをふんだくる方法を考える。

調べてみると、独り暮らしの孫娘を溺愛していることがわかる。詐欺や強盗よりも誘拐のほうが手っ取り早い。そう考えた。

　詐欺の場合は相手と接触しなければならないし、信用させるためには準備にカネも時間も人手も必要だ。強盗の場合は現金が保管してある場所の情報を得られなければ始まらないし、現代のセキュリティを突破するのは生易《なまやさ》しいことではない。その点誘拐は、大した準備も人手も必要とせずに実行に移すことが可能だ。

　だが、その一方で誘拐は、発生したと同時にほぼ確実に警察に通報される。そうなった時点で計画は失敗したも同然だ。そして通報さえされなければ、ほぼ確実に成功する。

　サトウは、正岡にはどれほどの大金を払ってでも手に入れたいと思う人物がいることを知り、その人物を押さえているかのように装って商談を持ちかける。その非合法の商談がこじれたことを理由に孫を攫ったのだと思わせれば、正岡は警察に知らせはしないだろう。そういう計画なのではないか。それならば身代金を要求しない点にも納得がいく。

　その可能性は充分にあった。そして、それ以外のどんな可能性だってあった。

　矢能は、商品が本物である場合もガセである場合も、人質が保険である場合も本命である場合も、全てに正しく対応して、無事に人質を取り戻さなければならなかった。さらに交渉の主導権はサトウの側が握っている。

　人質を取られていることはもちろんだが、サトウは人を監禁している。矢能が指定した場所に呼びつけることは難しいだろう。逆に、監禁してある場所に呼びつけられる可能性が高い。

だが矢能が向かった先が本当の監禁場所とは限らないし、サトウはどんな待ち伏せも可能だ。そんなことを考えていると、時刻は正午を回った。矢能のスマホが鳴り出した。

「矢能だ」

「カネの用意はできたかい？」

先ほどと同じ、サトウの声だった。

「できてる」

「じゃあ、最初にはっきりさせとこう。俺はあんたを信用する」

「…………」

「そうでなければ、わざわざ手間をかけてあんたを傭わせた意味がない。もしあんたに騙されたとすれば、それはこちらのプランが最初《ハナ》から間違ってたってことだ」

「なるほど」

「それにこちらには、孫娘という保険がある」

「ああ」

「だから無駄な駆け引きはしない。あんたと直接会って商品とカネを交換する。先に商品を渡したっていい。そちらが満足すればカネを払ってもらう。お互いに納得して別れる。そして、その場を離れたらすぐに電話で人質の居場所を教える。これでどうだい？」

「商品と人質を、同時に受け取ることはできないのか？」

「それだと、保険の意味がないんでね……」

「俺を信用するんじゃなかったのか？」

「俺は一人で商品を運んでいくんだ。その上に人質も、となると、ちょっと無理があるな……」

「だったらカネと人質を交換だ。そのあとで商品のある場所を知らせろ」

「………」

「二億の商品だぞ。その商品だって保険の役に立つだろう」

「フッ、……あんた、なにも聞かされてないんだな」

「あ？」

「この商品は、保険にはならねえんだよ」

「………」

「矢能さん、……ちったあこっちのことも信用してくれねえかな？」

サトウが、少し傷ついたかのように言った。

「とにかく人質には一切危害は加えてないし、縛ってもいない。猿ぐつわもない。快適な環境でくつろいでるよ。もし不満があるとすれば、スマホを触《さわ》れないことぐらいじゃないかな？」

「疑ってるわけじゃないが、自分の眼で確かめたい」

それは本心だった。不思議と矢能には、このサトウと名乗る犯罪者の言葉を疑う気持ちが湧いてこなかった。

「いま、そこにテレビはあるかい？」

「ああ」

「テレビをつけて、７チャンに合わせてくれ」

「なんでテレ東なんだ？」

「俺のお気に入りだからさ」

矢能はソファーから起ち上がると奥のデスクに向かった。リモコンを手に取りＴＶに向ける。言われた通りにテレビ東京に合わせた。田舎の風景が映し出された。画面の右上に〈昼めし旅〉とスーパーが表示されている。

「しばらくそれを見ててくれ」

それで電話が切れた。

なんで俺がいま暢気《のんき》にニラ農家直伝のニラだれの作り方を習わなきゃならないんだ⁉　矢能がそう思いながらも立ったままで画面を眺めているとスマホの着信音が鳴った。メッセージアプリにショートメールが届いていた。

サトウの携帯番号が表示された項目を開く。文字はなく、動画のみが送られてきていた。中央の再生マークをタップすると動画が始まった。

画面の右側にバストアップサイズの俯《うつむ》いた若い女がいて、左側には背後の壁際のＴＶ受像機が見える。そこには、たったいま見たばかりのニラ農家のおばちゃんが映っていた。若い女が顔を上げる。その顔は、写真で見た正岡の孫娘、紗耶香に間違いなかった。

サトウが言っていたほどくつろいでいるようには見えないが、その表情に苦痛や恐怖が表れてはいない。動画は十秒ほどで終わった。矢能は電話をかけた。すぐにサトウの声がした。

「どうだい？」

「確認した」

「物置に閉じ込めてるわけでもないだろ？」

「ああ」

「こちらが、人質に最大限の配慮をしてるってことは感じ取ってもらえたかな？」

「ああ」

「こちらは人質に顔を見られてもいないから、口封じに殺す必要もない。なのに、彼女を一緒に連れて動くとなれば、縛ったり眠らせたりしなきゃならないんだ」

「わかった。そっちのプラン通りでいい。直接会ってカネと商品を交換する。別れた直後に人質の居場所を知らせてもらう」

「あんたなら、わかってくれると思ってたよ」

「ただし、商品の確認は俺にはできない。鑑定役を一人連れて行くが、それでもいいか？」

「ああ。そいつが変な動きをしないように、あんたが責任を負ってくれ。人質の命に関わることだからな」

「わかった。変な真似はさせない」

「あんた、いま中野の事務所かい？」

「そうだ」

「じゃあ、午後一時になったらカネを積んだ車で出発してくれ。青梅《おうめ》街道を杉並《すぎなみ》方面だ。行き先は、またそのころに連絡する」

「ああ」

電話が切れた。矢能は田崎から受け取った名刺を見ながら携帯番号を打ち込む。

「はい」

田崎の投げやりな声がした。

「矢能だ。十三時に出発する。そっちの車で行く」

「はあ」

矢能は電話を切った。

出発までは時間の余裕があったのでシャワーを浴びた。歯を磨き、髭を剃り、改めて身支度《みじたく》を整える。そして、栞に宛ててメモを残した。〈きのう断った依頼を引き受けることにした。その件で出かける〉と書いた。だが、気分は良くなかった。

十二時五〇分に事務所を出た。路上に駐まったままのステーションワゴンの助手席に乗り込むと、運転席の田崎に言った。

「お前、なんか道具持ってきてるか？」

「道具、とは？」

無表情に田崎が言った。

「武器の類《たぐい》だ」

「いえ」

田崎が、微かに笑ったように見えた。

「……必要ですか？」

「いや」

矢能は腕時計を確認してから言った。

「少し早いが出発しよう。青梅街道を杉並方面だ」

田崎は返事もせずに車をスタートさせた。

6

サトウから電話がかかってきたのは、そろそろ杉並区を通り過ぎて、練馬《ねりま》区に入ろうかというころだった。

「いま、どの辺りだい？」

「井草八幡《いぐさはちまん》を通過した」

「じゃあそのまま直進して、西東京《にしとうきょう》の辺りまで行ってくれ」

「俺を信用してるなら、はっきりと目的地を言ったらどうなんだ？」

「東久留米《ひがしくるめ》だ。ちょっとわかりにくい場所なんで、道案内してるつもりなんだがね」

「…………」

「また連絡する」

電話が切れた。矢能は田崎に伝えなかった。田崎もなにも訊ねなかった。

矢能は煙草に火をつけたが、灰皿が見当たらないのでウインドウを下げて灰は外に飛ばした。この車は禁煙なのだろう。だが田崎はなにも言わない。お互いに無言のままステーションワゴンは走り続けた。

吸い終えた煙草は、ポケットから取り出した金属製の携帯灰皿に突っ込む。この携帯灰皿を栞からプレゼントされて以来、一度も煙草のポイ捨てはしていない。

二十分ほど走って東伏見稲荷《ひがしふしみいなり》を過ぎたころに、また電話が鳴った。

「いま、どの辺だ？」

「左手に、デカいガスタンクが二つ見える」

「よし、そのまま行くとすぐに新青梅《しんおうめ》街道と合流するが、新青梅には入らずに真っ直ぐ所沢《ところざわ》街道を進んでくれ」

「ああ」

「六角地《ろっかくじ》蔵尊《ぞうそん》という二股《ふたまた》は左側だ。とにかく道なりに走っていればいい」

「わかった」

「しばらく所沢街道を走り続けて、前沢《まえさわ》という交差点で小金井《こがねい》街道を横切ったら、すぐに右手に民間車検場の看板が見える。そこの敷地に乗り入れてくれ。……覚えたか？」

「わからなくなったら電話する」

矢能は電話を切った。

わからなくはならなかった。前沢の交差点を通過して百メートルほど進むと右側に、錆《さび》だらけの〈民間車検場　山野モータース〉の看板が見えた。建物全体が薄いグレーのシートで覆《おお》われている。潰れた自動車整備工場らしい。

矢能はその建物を指差した。田崎が無言で右にハンドルを切り、建物の脇の通路を少し進んだところで車を停めた。矢能はスマホを出してサトウに電話をかける。

「着いたぞ」

「じゃあ裏に廻って、シャッターの開いているところから車で入ってきてくれ」

「ああ」

「入ったらすぐに車を停めて、降りてくれ」

「わかった」

矢能は電話を切ると前方を指差した。田崎が車をスタートさせる。突き当りを左に曲がると、すぐに右側にシャッターの開口部が見えた。

「入れ」

田崎に言い、車が建物に入ると「止まれ」と言った。

ステーションワゴンが停止すると、矢能は助手席から降りた。建物の中はだだっ広くガランとしていて、廃棄された工場なのがひと目でわかる。床にズラリと並んでいる車を持ち上げるためのパワーリフトや、大型車のボディを載せ換えるためのものだと思しき天井クレーンはそのまま放置されていた。湿《しめ》っぽい埃《ほこり》の匂《にお》いがする。

すぐにスマホが鳴り出した。

「右の奥を見てくれ」

サトウが言った。視線を向けると、五十メートルほど先の、建物の反対側の端に白のセダンが駐まっていて、運転席のドアからベージュのスーツ姿の男が降りてきていた。左手で携帯を耳に当て、右手を挙げて大きく振った。

「いまから俺の車をそっちに寄せる。いいかな？」

スマホからサトウの声がした。

「ああ」

矢能は電話を切るとステーションワゴンを振り返る。運転席のウインドウを下げている田崎に言った。

「後ろのハッチを開けとけ」

すぐに電動でリアゲートが開き始めた。やがてエンジン音が聞こえ、白のクラウンがゆっくりとこちらに向かってくる。一度通り過ぎてから切り返し、バックでステーションワゴンに並べて停車すると、運転席からサトウが降り立った。

背が高く、細身の男だ。ベージュのスーツにこげ茶色のシャツ、ノーネクタイ。薄い茶系の色がついた眼鏡をかけている。そのレンズの奥には、切れ長の冷たい眼があった。

「こちらが、商品だ」

と、後部座席に親指を向ける。

矢能が歩み寄って覗《のぞ》き込むと、開いたウインドウの中で白髪頭の男が煙草を吸っていた。髪は白いがさほど老《ふ》けてはいない。せいぜい六十というところだ。

男に縛られている様子はなかった。薄笑いを浮かべ、くつろいでいるようにさえ見える。

「あんたは……」

矢能は、その顔に見覚えがあった。だが、どこで会った、誰なのかが思い出せない。

「じゃあ、とっとと取引を済ませよう」

サトウが言った。後部座席のドアを引き開ける。白髪頭の男がのっそりと降りてくる。煙草をコンクリートの床に落とすと靴先で踏み消した。

「荷台にカネがある。確認しろ」

矢能はサトウに言った。サトウが頷き、ステーションワゴンの背後に廻り込む。

「寺西《てらにし》だ」

白髪頭の男が言った。ダークグレーのスーツにグレーのシャツ、ノーネクタイという服装《いでたち》だ。シャツの胸ポケットから出した名刺を矢能に差し出す。名刺には〈寺西商会　代表　寺西彰吾《しょうご》〉と記《しる》されていた。

矢能は、上着の内ポケットに裸で何枚か入れてある名刺を一枚抜き出して寺西に渡した。寺西は、矢能の名刺を見て軽く頷くと、

「十年ぐらい前、俺が少しのあいだ尾形《おがた》の世話になってたころに二度ほど顔を合わせてる。そのころは俺も、まだこんなに頭が白くはなかったがな……」

「ああ、そうだった……」

矢能はそのときのことを思い出した。一度目は、矢能が尾形から呼び出されて出向いた先の、横浜馬車道《よこはまばしゃみち》の高級クラブで同席したときだった。尾形に、知り合いだ、と紹介されたが何者なのかは聞かされなかった。矢能も知りたいとは思わなかった。二度目は、それからひと月ほどあとに、尾形が関わっていたフロント企業のパーティーで顔を合わせている。

尾形というのは矢能の渡世上の兄貴分であり、矢能がヤクザとして生きていたころに所属していた笹健《ささけん》組の、ナンバー2の地位である若頭《わかがしら》を務めていた男だ。

神戸に本拠を置く日本最大のヤクザ組織菱口《ひしぐち》組の直参《じきさん》組織である笹健組は、組長の笹川健三《ささがわけんぞう》が組を解散し引退した際に、笹尾《ささお》組と名を変えて尾形が引き継いでいる。

矢能は笹川の引退とともに組織を離れたが、尾形はいまや四代目菱口組三万人の、上位百人の一人である直参組長という立場になっていた。

「今回は、迷惑をかけたな……」

寺西が言った。どういう意味なのかわからない。

「いや」

矢能は首を横に振り、運転席の田崎に、来い、と指で合図する。車を降りて近づいてくる田崎は、ジッと寺西を見つめていた。

「背中を見せてもらえますか？」

田崎にしては丁寧な言い方だった。

寺西は無造作に上着を脱いでクラウンのボンネットに置き、シャツのボタンを外していった。シャツを脱ぐと歳の割に筋肉質な上半身が顕《あらわ》になる。裸の背中をこちらに向けた。

肩の高さから腰の窪《くぼ》みにかけて、背骨に沿う巨大な一本の釘《くぎ》の入墨《いれずみ》があった。和彫《わぼり》ではなく、墨一色だけのタトゥーだ。

まるでエアブラシで描かれたかのように、リアルで立体的な陰影が施《ほどこ》されている。

そして、左の肩甲骨から脇腹にかけての長い傷があった。刀疵《かたなきず》のように見えるが、大きな手術の痕《あと》かも知れない。

「もう、いいか？」

寺西が言った。矢能は田崎に眼を向けた。田崎が頷く。

「充分だ」

矢能は寺西に言った。寺西がシャツを着てボタンを留め、上着を手にしたとき、

「こっちは問題ない」

ステーションワゴンの後部からサトウが声を上げる。

「そっちは？」

「確認した。問題ない」

矢能は言った。

「じゃあ取引成立だな」

笑みを浮かべたサトウが二個のダンボール箱をクラウンのトランクに移していく。

トランクを閉じて戻ってきたサトウは、

「スムーズな取引ができてよかったよ」

そう矢能に言った。矢能は首を横に振った。

「こっちの仕事はまだ終わってない」

その言葉にニヤッと笑ったサトウは、ズボンのポケットから出した右手を矢能の顔の前に突き出した。その指先が一個の鍵を摘《つま》んでいる。矢能が出した掌にその鍵を落とし、

「人質がいる部屋の鍵だ」

それは、一般的なマンションなどの鍵に見えるディンプルキーだった。矢能は、

「タクシーが拾える通りまで、乗せてってくれないか？」

サトウに言った。

「構わんよ」

そう言うとサトウは寺西を振り返り、

「じゃあな」

と声を投げた。寺西が頷く。サトウはそのままクラウンの運転席に乗り込んだ。

「俺は人質を迎えに行く」

矢能は田崎に言った。

「商品はお前が運べ」

だが田崎は首を横に振った。意味がわからない。

「あ？」

田崎がズボンの背中側から銃を抜き出した。・38口径と思しきステンレス製のリボルバーだ。

「おい！」

矢能の声と同時に轟音《ごうおん》と炎が噴出した。額を撃ち抜かれた寺西の後頭部から鮮血が飛び散る。銃声がコンクリート造りの工場内で反響していた。腰から崩れ落ちた寺西の体が、横様《よこざま》にパワーリフトに倒れ込む。頭の後ろが弾《はじ》け飛んでいた。死んでいるのはあきらかだ。

矢能はしばし死体を見下ろしていたが、やがて田崎に眼を向けた。

「正岡の指示か？」

田崎はリボルバーをズボンの後ろに挿《さ》すと、

「あんたには関係ない」

矢能のほうを見もせずに言った。

第二章

失踪者

BLACK GUARD

—— *Chapter 2* ——

1

矢能は床に唾《つば》を吐き捨て、クラウンの助手席に向かった。乗り込んだ矢能がドアを閉めると、サトウがバックで車を出す。そのまま建物を出ると切り返し、通路を走り抜けて表の通りに出ていった。

「だから俺が言ったろ？」

サトウが言った。

「あの商品は、保険にはならねえって……」

矢能にはもうどうでもいいことだった。

「人質はどこだ？」

そう言った。

「吉祥寺《きちじょうじ》だ。なんならこのまま、連れて行ってやってもいいぜ」

親しげな笑みを浮かべてサトウが言った。

「じゃあそうしてくれ」

矢能は煙草をくわえて火をつけた。クラウンは前沢の交差点を右折して小金井街道に入った。

「実を言うとな……」

サトウが言った。

「俺は正岡の爺さんの孫娘を、攫っちゃいないんだ」

「あ？」

「人質にはしてる。だが、攫ったわけじゃない」

「どういうことだ？」

「彼女は自分の部屋にいる。ただ、ユニットバスから出られないだけだ」

「…………」

「読みかけの小説も渡してあるから、のんびり風呂に浸《つ》かって読書を楽しんでるだろう」

「なるほどな」

スマートなやり方だ。矢能はそう思った。暴力的に拉致されて、見知らぬ場所に監禁されるといった一般的なケースと較べたら、普段自分が生活している場所にいられるだけで、感じる恐怖は随分《ずいぶん》とマシなものであるはずだ。少なくとも、レイプされたり殺されたりする恐怖を感じずにいられることは間違いない。水も飲めるし、トイレを我慢する必要もなかった。

「あんたに送った動画を撮るときだけ出てきてもらったが、彼女は賢い子だ。ちゃんと理解してくれたよ。俺に協力したほうが安全だってことをな」

「ああ」

このやり方であれば監禁場所を確保する必要もなければ、誰かに目撃されて通報される心配もなかった。人手もいらない。通常の拉致の場合は、最低でも実行役二人と車のドライバーが一人の、計三人は必要だが、この方法でなら一人でやれるし見張りを置いておく必要もない。サトウは好きに動き回ることができ、必要なときにだけ人質の部屋に戻ればよかった。

「だがな、いまの段階で俺にそんなことを教えちまっていいのか？」

矢能は言った。

「俺がお前を殺して二億を奪うかも知れんぞ。人質さえ無事に解放すれば、お前がどうなったかなんて気にする奴は誰もいない」

「フッ、あんたとは信頼関係が築《きず》けたと思ってたんだがな……」

笑顔のままでサトウが言った。

「その気になったらやってみればいい。銃を隠してるのは、さっきの若僧だけとは限らんぜ」

「……だろうな」

矢能は短くなった煙草を携帯灰皿に押し込むと、新しい煙草に火をつけた。

それにしても解《げ》せないのは、これほどのプロフェッショナルな犯罪者であるサトウが、本当にこの取引に矢能を必要としたのか、ということだった。

サトウなら、そして人質を取っていれば、矢能の存在がなくてもスムーズに取引を終えられたはずだ。なのになぜ、この役は矢能でなければならなかったのか。

おそらくサトウの背後には黒幕がいる。いや、黒幕というよりは依頼人だろう。プロの犯罪者であるサトウは、何者かの依頼でこの取引を請け負った。二億のうちサトウの報酬は二割か三割で、残りは依頼人に届けられるはずだ。

そして、矢能を巻き込んだのはその依頼人の考えなのだろう。誰が、なんの目的で矢能をこの茶番劇に出演させたのか。それがわからない。

だが、わかるまでは夜も眠れない、というほどの問題でもなかった。世の中には、わからないことなんていくらでもある。矢能はもう忘れることにした。

クラウンは小金井街道から五日《いつか》市《いち》街道に入り、井《い》ノ頭《かしら》通りを経て吉祥寺南町《みなみちょう》のマンションに到着した。小ぶりで小ぎれいな外観の建物だ。

「ここの４０３だ。彼女のスマートフォンはリビングに置いてある」

車を停めるとサトウが言った。

「わかった」

矢能が車を降りるとサトウは、最後に寺西に声を投げたときと同じ調子で、

「じゃあな」

と言った。矢能が頷きを返してドアを閉めると、クラウンはすぐに走り去って行った。

エントランスに入り、サトウから渡された鍵でオートロックのガラスドアを抜けると、すぐに

エレベーターがあった。四階で降りて４０３に向かい、ロックを解除してドアを開ける。目の前の廊下の左右の壁に、白い棒が横に渡してあるのが見えた。靴を脱いで上がり近づいてみると、それは頑丈そうな突っ張りポールだった。

家具の転倒防止や簡易的に棚を作るときなどに使われる便利グッズだ。ユニットバスのドアが内側から開けられないように固定してあったのだとわかった。矢能はネジを緩《ゆる》めて壁から外すと床に置き、そのドアをノックした。

「正岡紗耶香さんですね？」

返事はなかった。

「私は探偵だ。あなたのお祖父《じい》さんの正岡道明氏の依頼で、あなたを救出しに来た」

若い、女の声だった。

「お祖父さまが？」

「もう、なにも心配は要《い》らない。ドアを開けて出てきてくれ」

矢能はそう言うと、廊下を進んでリビングルームに入った。ローテーブルの上のスマホを手に取り、ユニットバスのドアの前に戻った。そのまま待つことにした。

やがて、カチャッ、とロックが外れる音がして、ドアが細めに開いた。怯えた様子の紗耶香の顔が半分だけ見えた。矢能がドアの隙間からスマホを手渡す。自分のスマホが戻ったことに安心したのか、紗耶香が大きくドアを開けてユニットバスから出てきた。

ちゃんと服を着ていた。風呂に浸かって読書をしていたわけではないらしい。

「これから道明氏のところにお連れすることになっている」

リビングに移動すると矢能は言った。紗耶香は床に座り込んでしまっていた。

「すぐに出られるかな？」

「どういうことなんですか？」

顔を上げて紗耶香が言った。疲れた顔をしている。

「複雑な事情があるようだが、私にはわからない」

「………」

「少し休みたいのなら、私は外に出ているが……」

「いえ、大丈夫です」

紗耶香はバッグを摑んで起ち上がった。

マンションを出ると井ノ頭通りまで歩いてタクシーを拾う。

けさ正岡の来訪を受けてから、まだ五時間ほどしか経過していない。二億円での人の売り買いと、女子大生の誘拐と、殺人が行われたにも拘《かか》わらず、矢能の仕事は終わろうとしていた。

あまりにも簡単すぎる。矢能はずっとそう思っていた。

この程度のことのために、わざわざ矢能を指名して、この件に巻き込んだ目的はなんなのか？

考えはまたそこに戻った。

走り出してしばらくすると紗耶香が口を開いた。

「あの、探偵さん、なんですよね？」

「ああ」

「お祖父さまとのおつき合いは、長いんですか？」

「いや、今回が初めてだ」

「わたしの依頼でも、引き受けてもらえますか？」

躊躇《ためら》いがちな口ぶりだった。

「どんな依頼かによる」

「……人を、捜してほしいんです」

「人捜しは、身内からの依頼でなければ受けられない」

「寺西彰吾という人を捜してほしいんです」

「寺西？」

先ほど死んだばかりの男の顔が浮かんだ。

「わたしの、父親です」

紗耶香はそう言った。

「悪いが、引き受けられない」

矢能は紗耶香にそう言った。面倒くさいことになる予感しかなかった。

「え？」

「他の探偵をあたってくれ」

「あの、せめて話だけでも……」

「断る」

それで会話は終わった。タクシーを降りるまで、二人とも無言のままだった。

七階でエレベーターを降りて目の前の自動ドアを抜けると、そこに車椅子の正岡がいた。竹村が革張りのベンチから起ち上がる。

「紗耶香！」

孫の姿を見た正岡が歓喜の声を上げた。身を乗り出し大きく両手を広げる。

「お祖父さま」

紗耶香が腰を屈《かが》めて正岡の胸に身を預ける。正岡の両腕が紗耶香を強く抱き締めた。

「なにか、酷《ひど》いことをされなかったか？」

「大丈夫です。わたしは指一本触《ふ》れられていません」

「よかった。無事でよかった」

矢能が自動ドアの脇に立ってその光景を眺めていると、竹村が近づいてきた。

「さすがですね。仕事が早い」

そう言って、にっこりと笑う。

「田崎から連絡はあったか？」

矢能は、竹村にとも、正岡にともつかない調子で言った。紗耶香から手を離した正岡が矢能に眼を向ける。

「ああ、報告は受けている。キミの仕事は終了した。ご苦労だった」

それだけ言うと正岡は、車椅子の脇のベンチに腰を下ろした紗耶香に、

「さあ、なにがあったのか、詳しく教えてくれ」

と顔を向ける。

「あなたにお渡しするように、と……」

竹村が、スーツの内ポケットからレターサイズのクラフト封筒を取り出した。受け取った封筒の中には一枚の紙が入っていた。引き出してみると小切手だった。1のあとに、0が七つ並んでいる。一千万だ。

「半日で終わった仕事にしては気前がいいな」

「半日で終わらせてくれたことへのボーナスではないですか？　もし明日までかかっていたら、報酬は半額になっていたでしょう」

「口止め料なんだろ？　商品がどう処理されたかの……」

「さあ、私はそれについては、なにも聞かされておりませんのでね……」

竹村が肩をすくめて見せた。本当に知らないのか、それとも知ってて惚《とぼ》けているのかはわからない。矢能はそのまま回れ右をして美術館のロビーのような場所から立ち去った。建物を出ると煙草に火をつけ、歩道までのアプローチに立って煙草を吸う。

「百万なら突き返せても、一千万を突き返せる奴はいない」

以前耳にした、この言葉を思い出した。

三千億円もの資金が暴力団関係者に流れたとされる戦後最大の経済事件であるイトマン事件で名を馳《は》せた、バブル期の〈闇の紳士〉の一人、許永中《きょえいちゅう》が好んで使っていた言葉だという。

正岡も、同じ種類の人間なのかも知れない。そう思った。

半日で一千万円を稼いだ喜びなど微塵《みじん》もなかった。なにに対してなのかわからない怒りだけが残っていた。

2

中野の事務所に戻ると、そこに栞の姿はなかった。

もう小学校からは帰ってきているはずの時刻だ。鍋の用意のためにスーパーに買い物に行っているのだろうか。あるいは、すでに六階の住居のキッチンで作業を始めているのかも知れない。矢能は少し申しわけない気持ちになった。

栞の父親は、彼女が生まれる数ヵ月前に殺された。母親は一昨年《おととし》殺された。栞を矢能に預けた探偵も、栞の母親と同じ日に死んだ。矢能が二、三日のつもりで栞を預かってから、すでに二年近くが過ぎている。

以前この事務所を使っていた探偵は、栞を守って死んだ。栞を守る役目を引き継いだ矢能は、ヤクザを辞めて探偵事務所も引き継ぐことになった。そして栞の父親になっていた。

だが矢能は、探偵にも栞の父親にもなりきれていない。どうすればまともな探偵や、ちゃんとした父親になれるのかもわからない。どうせ向いてないんだろう、そう思っていた。

「おいーす」

いきなりドアが開いて情報屋が入ってきた。

いつもテンション高めでゴキゲンな様子の、小柄で小太りの親爺《おやじ》だ。還暦を過ぎて何年も経つが、ストレスフリーな日常に変化はないらしい。

「あれ、シオリンは？」

情報屋が矢能の正面のソファーに腰を下ろした。この親爺は栞の熱烈なファンの一人で、週に二、三度ディナーに誘いに来る。

「俺のために、鍋の用意をしてる」

俺のために、は余計だったな。言ったあとでそう思った。

「なんだよ鍋って？」

「鍋料理だ。たぶん寄せ鍋だろう」

「シオリン料理なんかすんのか？　まだ小三だろ？」

「俺の仕事が決まると、いつも鍋で祝ってくれる」

いつも、というのは言い過ぎだったが、二度目なら嘘というわけでもないだろう。短くなった煙草を灰皿に押しつけて、次の煙草に火をつけた。

「へえ。なんか依頼を引き受けたのか？」

「引き受けた。だがもう終わった」

「なんだ、失敗《しくじ》ったのか？」

「いや、けさ引き受けて、昼過ぎには片づいた」

「ヘッ、じゃあロクな稼ぎにゃならねえな」

「一千万稼いだ」

「マジかよ！」

情報屋は驚きの表情を見せたが、やがて哀しげな顔になって、

「そういう商売《シノギ》はやめろよ。おめえはもうヤクザ者《もん》じゃねえんだからよ」

「なにが？」

「シオリンの父親だっつう自覚を持てっつってんだよ」

「俺は法に触れることはなにもしてない」

「法に触れねえで、一日で一千万稼げるわけねえじゃねえかよ」

「弁護士の依頼で、ある金持ちのために働いた。余程カネが余ってるんだろう」

「誰だよ、その金持ちってのは？」

「正岡道明って爺さんだ」

その名を耳にした途端、情報屋が意味ありげな笑みを浮かべた。

「知ってるのか？」

「謎の中国人資産家、呉道明《ウーダオミン》か……」

「中国人？」

矢能は驚いていた。矢能が会った正岡には、顔にも、しゃべり方にも、そしてメンタリティーにも、どこにも中国人っぽさなど皆無だった。

「謎の中国人って、どういうことだ？」

「二十年くらい前に突如来日して事業を始めたんだが、それ以前のことがなに一つわからねえ。一説には人民解放軍の諜報機関にいたんじゃねえか、とも言われてる」

「…………」

「来日するとすぐに日本人女性と結婚して日本国籍を取得して、それから嫁の姓の正岡を名乗り出したってことになっちゃあいるが、誰一人本人と会ったって奴がいねえ」

「ほう」

「本当は、そんな男は実在してねえんじゃねえかって噂もあったぐれえだ」

「俺は会ったぞ。中国人っぽくはなかったがな……」

「果たしてそれが、本物の正岡道明かどうかは怪しいな」

「弁護士にそう紹介されたし、孫もそれを認めてる」

「孫？　なんで孫を知ってんだよ？」

「大学生の孫娘が攫われた。俺が取り戻した」

事実とはかなり印象が違うが、詳しく話そうとは思わなかった。

「なるほど、それが一千万の仕事ってわけか」

「ああ」

「その正岡ってのは、どんな男だった？」

「車椅子の老人だ。まぁ、真っ当な人間だとは思えない」

「車椅子か……。そのせいで人前には出ねえのかも知んねえな」

「それに、あきらかに影で暗躍する種類の男だ。人前に出たがるタイプじゃない」

「フッ、面白《おもしれ》えな……。正岡道明の謎のベールが一枚剝《は》がされたってとこだ。なんかもっとねえのか？　謎の解明に繋がるような情報はよぉ」

「こういうもんならあるぞ」

矢能はシャツの胸ポケットから田崎の名刺を取り出した。情報屋に手渡す。

「正岡コーポレーションねえ。聞いたことねえな……」

情報屋は訝《いぶか》しげな顔で名刺を見ていたが、

「これ、預かっといてもいいか？」

「やるよ。俺にはもう必要ない」

この先、田崎に連絡を取ることがあるとは思えないし、もしその必要が生じた場合は、田崎の携帯にかけた履歴が矢能のスマホに残っている。

「……で、鍋の件なんだけどな」

名刺を仕舞うと情報屋が言った。

「なんだ？」

「俺も、お呼ばれしちゃおうかな……」

「呼んでない」

「いいじゃねえかよ。俺にも喰わせろよ」

「なんで喰わせなきゃならないんだ？」

「シオリンが拵《こしら》えた鍋を、喰いてえからに決まってんじゃねえかよッ」

「喰いてえからって、そうおいそれと喰える代物《しろもの》じゃあねえんだ」

俺にだって、滅多《めった》に喰えるもんじゃないんだぞ。そう思った。

「なんでだよッ？　言ってみりゃあ俺はな、シオリンにとっちゃあ親戚の伯父《おじ》さんみてえなもんじゃねえかよッ」

「違う。せいぜい、近所の小父《おじ》さん、ってとこだ」

「マジで喰わせねえつもりか？　鍋なんてもんは大勢で喰ったほうが旨いに決まってんだろ？」

「親子水入らず、ってえ言葉を知らねえか？」

そのときドアが開いて、栞が入ってきた。ランドセルを背負《しょ》っている。

「ただいまー」

「おかえりシオリーン」

情報屋が顔を皺《しわ》だらけにして言った。

「ご機嫌はいかがかな？」

「普通です」

栞がお約束のフレーズを返した。そして矢能に眼を向ける。

「ただいま」

「おかえり」

矢能は言った。声に落胆が出ていないことを祈った。

「美容室のおねえさんのところに寄ってたら、ちょっと遅くなってしまいました」

栞は、矢能の様子から言いわけが必要だと感じたらしい。やはり落胆は隠せていなかったようだ。恥ずかしい、そう思った。

「なんだよ、鍋の用意なんてしてしてねえじゃねえかよッ」

情報屋が矢能を振り返って言った。

「えっ？」

栞はミニキッチンのカウンターに駆け寄り、メモパッドを覗き込んだ。

「あ……」

全てを察したらしい栞は、慌ててランドセルを床に下ろして、

「急いでスーパーに行ってきます」

「いや、いいんだ」

矢能は努めて優しい声を出した。

「でも……」

「その仕事はもう終わった。ちゃんと最後までやって、料金も受け取ったぞ」

「だったら……」

「きょうはこの男が来てる。鍋はまたにしよう」

顎《あご》で情報屋を示して言った。

「なんでだよぉ！」

情報屋が起ち上がる。

「シオリンの鍋を喰わせてくれよぉ！」

矢能はそれを無視した。栞に向かって、

「外で食事をしよう。なにか食べたいものはあるか？」

そのとき矢能のスマホが鳴り出した。登録していない番号からだった。

「はい」

「あの、……正岡紗耶香です」

「ああ、どうしました？」

「あの、きょうは本当にありがとうございました。ちゃんとお礼も言えてないままで……」

「いや、気にすることはない」

「わたしのスマホのメッセージアプリに、〈矢能だ。この番号に電話しろ〉というメッセージがあるのを見つけたもので……」

「それは、あなたを監禁した犯人に送ったものだ」

「ええ、でもご相談したいことがあったので、思い切ってお電話させていただきました」

「先ほどの依頼なら断ったはずだが……？」

「いえ、別の件で……。あの、これから伺ってもいいですか？」

「……わかった」

矢能はそう言った。栞の前で、断る、とは言えなかった。ため息が出た。

3

正岡紗耶香が訪ねてきたのは、午後五時を少し過ぎたころだった。

「あ、ご依頼の方ですか？」

ドアが開くと栞が勢いよく起ち上がる。

「あ、あの……」

紗耶香は、探偵事務所でいきなり小学生の女の子が応対に出てきたことに戸惑いを見せていたが、栞も、矢能の事務所に訪れたのが十代の娘だったことに戸惑っているようだ。慌てて矢能を振り返った。

「その人が電話で約束した正岡さんだ。……こちらへどうぞ」

最後の部分は紗耶香に向けて言い、先ほどまで情報屋がいたソファーを掌で示した。

「あの、こんな時間から申しわけありません」

腰を下ろすと、紗耶香は丁寧に頭を下げた。できることなら栞が学校に行っている時間に来てほしかった。矢能はそう思った。栞がいないところでなら、どんな依頼だろうと平気で断ることができるからだ。だが日延べをしたところで、大学の授業を終えたあとで吉祥寺からやってくるのなら、どうせこのくらいの時刻にはなってしまうだろう。

「いや、問題ない。……で、ご相談というのは？」

「えー、あ、あの……」

紗耶香は、どこからどう話せばいいのか迷っているようだった。

「では、まずこちらからお訊ねしよう」

矢能は言った。

「なぜ、私なんです？」

「はい？」

「私より優秀な探偵は世の中にいくらでもいる。一度会ったことがある、というだけで選ぶべきではないと思いますがね」

「それは……」

「それに、私はちょっとばかり特殊な探偵なのでね……」

「それって、過去のご職業のことですか？」

「ほう、私が元ヤクザだとご存知の上で来られたんですね？」

「ええ、祖父が、そういう経歴の男なんで心配していたが思いのほか優秀な男だった、と……。いつも人を褒《ほ》めることのない祖父がそう言っていました」

「……」

「そして弁護士の竹村先生が、三万人の組織のトップの３％にいた人物です、と……」

「それは、一般の企業でいえば課長クラスということだ。大したもんじゃない」

そこに栞がコーヒーをトレイに載せて運んできた。紗耶香の前には来客用のカップ＆ソーサーを、矢能の前にはいつものマグカップを置いた。

「お子さんですか？」

紗耶香が言った。

「ああ、栞という」

「栞ちゃんは何年生ですか？」

紗耶香が栞に向かって言った。

「三年生です。おねえさんは？」

「大学一年生。十九歳です」

「わたしは九歳」

「ちょうど十歳違いだね。ご兄弟はいるの？」

栞が首を横に振った。

「わたしと一緒だ。よろしくね栞ちゃん」

紗耶香が右手を差し出す。栞はその掌をそっと握ると、照れたようにトレイを胸に抱いてミニキッチンのほうに駆けていった。

状況は、どんどん依頼を断りにくい方向に進んでいる。矢能はため息をつき、それを隠すようにマグカップを持ち上げてコーヒーを啜《すす》った。紗耶香もコーヒーに口をつけ、

「わあ、美味しい」

と、栞のほうに驚きの顔を向けた。栞は嬉しそうににっこりと笑った。

たしかに最近栞の淹《い》れるコーヒーが一段と旨くなっている。いつもなにかにつけ栞によくしてくれている美容室のおねえさんのお奨《すす》めの豆に変えたかららしい。

「では、お祖父さんが褒めていたから私に、ということなのかな？」

矢能は話を戻した。

「実は、すでにある方に、調査をお願いしたんです」

紗耶香が言った。

「ほう」

「その人と、全く連絡が取れなくなってしまって……」

「ん？」

意外な展開だった。

「向こうからはなんの連絡もないし、こちらから連絡しても一切繋がらないんです」

「その人は、どこかの探偵事務所に所属してるのか？」

「いえ、個人で……。最近警察を辞めて暇《ひま》だから、すぐに調べてあげる、って」

「そんな人物と、どうやって知り合ったんだ？」

紗耶香の説明によると、それはクラスメイトの叔父《おじ》に当たる人物なのだという。紗耶香は父親捜しを探偵に依頼したいと考えていたが、どの業者に頼めばいいのかわからない。ネットの情報によると、業者によってはネットで調べられる範囲のことしかやってくれないというし、悪質な業者の場合なにもしないで法外な料金を請求してくるケースもあるのだという。

そんな話を友人たちとしていたら、その中の一人が、「わたしの叔父さんに相談してみたら？」と言い出した。元警視庁刑事で、「これからは探偵でもやるかな」などと言っているという。

紗耶香は友人の紹介で、その村井《むらい》という男と会った。話を聞くと村井は、「今回は私が探偵業に向いているかどうかのテストケースだから格安でやりますよ」と言い、「警察のデータベースが使えるから、事件・事故の被害者や、前科・前歴など、一般の探偵ではわからないことも調べられるよ」と胸を叩いた。紗耶香は十万円の着手金を払って村井に依頼した。

「その後の料金は状況を見ながら相談する、ということになっていたんですけど連絡が取れなくなって、やっぱりおカネだけ取って放ったらかしなんだ、って思ってたんです」

「ああ」

「だからきのう矢能さんに会ったとき、この人は信頼できる探偵さんだ、って思って、いきなりあんな依頼の話をしてしまったんですけど……」

紗耶香の表情が曇った。

「あとで冷静になって自分の身に起きたことを考えてみたら、もしかして村井さんも、わたしの依頼のせいでなにかの事件に巻き込まれたんじゃないか、と心配になって……」

「なるほど」

村井から、十万円を取り返してほしい、という話ではなさそうだ。

「私への相談というのは、そのことなのかな？」

「はい。……あの、本当は父を捜してほしいんですけど……」

「それは引き受けられない。人捜しというのは、時間も人手もかかる。私のように個人でやっている探偵には無理だ。私は警察のデータベースも利用できないのでね」

寺西はもう死んでいるからだ、とは言わなかった。

「それに人捜しにはカネがかかる。もう諦めたほうがいいんじゃないか？」

「あの、おカネならなんとかなります」

それはそうだろう。半日の仕事に一千万払う正岡の孫なのだから。

「なぜ、父親を見つけたいんだ？」

矢能がそう訊ねると、紗耶香はいままでにない頑《かたく》なな表情を見せた。

「わたしは、生まれてから一度も父親を見たことがないんです」

「…………」

「その父親が、いまどうしているのか知りたいという気持ちに、理由が必要ですか？」

たしかに、子の立場からすれば当然の感情なのだろう。

「いや、ただ一般的に言って、行方知れずの父親を見つけてもいいことはなに一つない。どこかで幸せな家庭を持っていることを知ってショックを受けるか、クズのような男に一生たかられるかのどっちかだ」

「…………」

紗耶香は押し黙ったまま、自分の前に置かれたコーヒーを見つめていた。その姿を見ていて、いっそ父親が死んでいることを教えてやったほうがいいんじゃないか、矢能はそう思った。そのほうが諦《あきら》めがつくのではないか、と。

だが、なぜその事実を知っているのかを話すことはできない。そうも思った。矢能は煙草に火をつけた。しばらく無言の時が流れた。

「あの……」

漸《ようや》く紗耶香が口を開いた。

「どうして村井さんと連絡が取れないのか、調べてもらえませんか？」

「それはあなたが心配することじゃない」

矢能は言った。

「その村井という人物が行方不明になっているのだとしたら、そのうち家族が警察に捜索願いを出すだろう。一般人の失踪の場合は警察はなにもしてはくれないが、元刑事が消えた、となれば事件性の有無を確かめるためにも、なんらかの捜査に着手するはずだ。その結果を待てばいい」

「…………」

「あなたはすでに十万円支払っている。さらにおカネを遣《つか》ってあなたが調べる必要はない」

「でも、気になるんです」

紗耶香の感情が昂《たかぶ》りを見せていた。強い眼を矢能に向ける。

「きのうあんなことがあったんです。それとなにか関係があるんじゃないかと思ったら……」

それとこれとは関係ない。矢能はそう教えてやりたかった。だが、すぐに疑問が湧き上がってくる。本当に、関係がないと言えるのだろうか。

「きのうの件について、お祖父さんはあなたになんと説明したんです？」

矢能はそう訊ねた。

「ビジネス上のトラブルだ、と……」

紗耶香は言った。

「ある案件で競合している相手が、なりふり構わずに、手を引け、と脅《おど》しをかけてきた。だが、然《しか》るべき手を打って問題は解決した。だからもう、なにも心配は要らない、と……」

紗耶香は、それを信じていない顔をしていた。

「その件と、あなたが父親を捜すことに、なにか関係があるとでも？」

「父は、かつて祖父の部下だったんです。片腕のような存在だった、と聞いています」

「ほう」

「二十年前、行方不明になるまではずっと……」

二十年前。呉道明《ウーダオミン》が正岡道明に変わったころだ。

「わたしは、祖父の説明を信じていません」

その言葉は確信に満ちていた。

「わたしが父親を捜そうと思い立ち、村井さんが動いた。その結果、村井さんと連絡が取れなくなり、さらにきのうのことが起きた。わたしはそう考えています」

「…………」

その可能性はある。繋がりはともかく、きのうの件で寺西が死んでいるのは事実だ。

矢能は、自分が関わるべきではないことはわかっていた。だが、栞が見ている前でこの女の子の依頼を断る勇気が湧いてこなかった。さり気なくミニキッチンのほうに眼を向ける。栞と眼が合った。その眼は、この苦しんでいるおねえさんを助けてあげて、そう言っていた。

「わかった。引き受けよう」

矢能は紗耶香に言った。

「え？」

「あなたの父親は捜さない。だが、その村井という男がどうなったのかは調べてみよう」

「あ、ありがとうございますッ」

紗耶香が深々と頭を下げた。

「あの、料金のほうは……？」

「必要ない。きのうあなたのお祖父さんから過分な報酬をいただいた。これはアフターサービスのようなものだ」

「でも……」

「だからといって手を抜いたりはしない。動いてみて、必要だと感じたときには遠慮なく報酬を請求させてもらう」

それ以上紗耶香になにも言わせないよう、いくつか聞いておくべきことを訊ねた。あすの晩は栞の鍋を喰うことになりそうだ。そう思った。

4

紗耶香が帰るとすぐに矢能は自分のスマホで村井の携帯に電話を入れてみた。「電源が入っていないか、電波の届かないところに――」のメッセージが流れただけだった。村井は紗耶香からの電話だけに出ないわけではないようだ。続けて次三郎《じさぶろう》に電話をかける。

「次三郎、いま大丈夫か？」

「次三郎って言うなよぉ」

次三郎が言った。

「お前、村井って男を知ってるか？　最近まで警視庁の刑事《デカ》だった」

古谷《ふるや》次三郎は武蔵野署の盗犯係のベテランだ。デカとしても人としてもどうしようもないクズ野郎だが、こういうときには生かしておいた意味を感じる。

「村井って、荻窪《おぎくぼ》署を馘首《クビ》になったあいつか？」

「クビ？　自分から辞めたんじゃないのか？」

「逮捕か辞表を出すか選べと言われりゃあ、誰だって辞表出すだろうよ」

「なにやらかしたんだ？」

「捜査上知り得た情報をネタに、どっかのロリコン社長を強請《ゆす》ってたらしい」

「ほう」

「上層部は、その社長の意向もあって内密に処理することに決めたってわけだ」

「よくある話だ」

「村井がどうかしたか？」

「捕まえたい。そいつの情報を集めろ」

「それをやったら、その、俺の相談にも乗ってくれるかい？」

次三郎が阿《おもね》るような声を出した。こいつはたえず警察官にあるまじきトラブルを抱えていて、それを自分で解決しようとはせずに常に人をアテにする男だ。警察をクビになるどころか実刑を喰らいそうなところを何度か矢能が救ってやったことがある。

「あ？　お前誰のお蔭《かげ》でフィリピーナのパパに殺されずに済んだと思ってんだ？」

「わかってるよ、それは感謝してるよ。だけどな、俺の不遇な人生には常に苦悩が降りかかってくるんだよッ」

「知らねえよ」

「カネが要るんだよッ。嫁が二人いるとカネがかかるんだよッ」

「お前の相談には乗らない。だがちゃんと役に立ってくれればカネをやる」

「いくら？」

「そうだな、いっそお前が村井を捕まえたら、キャッシュで百万払う」

「ホントか？　よし、任せとけッ！」

電話が切れた。

矢能はいままで一度も次三郎にカネを払ったことはない。もしかすると、正岡から受け取った一千万を早く消してしまいたいのかも知れない。そんな気がした。


翌日は昼前に起きて、中野の駅前の銀行で小切手を現金化してから朝昼兼用の食事を済ませて事務所に戻ると、ほどなく次三郎が現れた。

「なんかわかったか？」

矢能は言った。次三郎は返事をせずに百五十キロの巨体を来客用のソファーに沈み込ませた。座っているときでも息が荒く、一年中汗を拭いている男だ。

「まずは、百万の件が本気かどうか確認させてくれ」

「あ？　俺の口約束じゃ信用できねえってのか？」

矢能の言葉が尖《とが》った。

「いや、そういうわけじゃねえけど、質《たち》の悪い冗談で傷つきたくはねえからさ……」

「………」

矢能は足元に置いてあった銀行の手提げの紙袋から、帯封のついた百万円の束を一つ取り出してテーブルの上に放った。

「村井を捕まえたんなら持っていけ」

次三郎は札束を見つめてゴクリと唾を飲んだ。かなりカネに困っているらしい。

「いや、まだ捕まえたってわけじゃないんだ」

札束から眼を剝がし、矢能に卑屈な笑みを向ける。

「あんたが本気だってわかって嬉《うれ》しいよ」

「どこまでわかった？」

次三郎は、スーツの内ポケットから折り畳んだ一枚の紙を取り出し矢能に手渡す。その紙には次三郎が摑んだ村井に関する情報がこと細かに記《しる》されていた。

「ゆうべ九時過ぎに自宅に行ってみた。留守だった」

村井貴俊《たかとし》は三十八歳の独身男で、杉並区西荻窪《にしおぎくぼ》のマンションで独り暮らしをしているという。

「管理人が常駐してるマンションだったんで話を聞いてみたけど、もう一週間ぐらい姿を見かけない、って言ってた」

次三郎は警視庁の友人だと名乗り、病気で寝込んでるんじゃないかと心配で、と言った。警察バッジを見せられた管理人は煩《うるさ》いことを言わずに鍵を開けてくれた。だが、室内にも村井の姿はなかった。

キッチンのシンクには汚れた皿やグラスがそのままになっていたし、旅行に使いそうなバッグやスーツケースもクローゼットの中にあった。洗面具などが詰まった旅行用のポーチも抽出《ひきだ》しの中に入っていた。パスポートもあった。どう見ても旅行中だとは思えなかった。

「村井の車は？」

矢能は言った。渡された紙には、村井の所有する車が黒のヴェルファイアであることや、そのナンバーも記載されている。

「地下の駐車場に駐めっ放しだった」

そう言った次三郎が、もう一枚の折り畳んだ紙を取り出し矢能に差し出した。

「村井の携帯は、七日前から使用されてない」

その紙には過去一ヵ月間の村井の携帯の通話記録がプリントされていた。後半部分には紗耶香の携帯の番号がいくつもあり、最後は矢能の携帯の番号だった。

「村井は、もう殺されてんじゃないのか？」

「死体を見つけても百万は払う」

矢能はそう言った。

「どういうことなんだ？　なんで村井を捕まえたいんだ？」

「正岡紗耶香という女子大生が、行方不明の父親を捜してほしい、とクラスメイトの叔父の村井に依頼した。だが村井の姿が消えた。俺は、村井を見つけてくれ、と頼まれた」

「…………」

「村井は約二週間前に紗耶香の依頼を受けた。一週間が過ぎても村井から連絡がないので五日前に紗耶香が電話を入れたが繋がらなかった。それ以降も全く連絡が取れないままだ」

「そんなんで、あんたはいくらの稼ぎになるんだ？」

「タダ働きだ。困ってる女の子への、ちょっとした親切、ってとこだ」

「だったらなんで俺に百万も払う？　可怪《おか》しいじゃねえかよ」

「お前がカネに困ってるって言うから、力になってやろうかと思っただけだ」

「あんたいつからそんな親切な人間になった？　俺を騙そうったってそうはいかねえぞ」

「あ？」

「本当はもっとカネになる話なんだろ？　俺も一枚噛ませてくれよぉ！」

「うるせえな」

「百万じゃ足りねえんだよ。もっと稼がせてくれよ。俺なんでもやるからさぁ」

「俺の言ってることが信用できねえってんならもうやらなくていい。帰れ」

　急に卑屈な顔になって次三郎が、

「いや、やらねえとは言ってねえよ。ただ、俺の置かれてる状況をわかってほしくてさ……」

「この先、なんかアテはあんのか？」

「これから村井と親しかった連中から話を聞く。今夜は野郎の立ち回りそうな場所を片っ端から当たってみるつもりだ」

「よし」

矢能は札束から半分ほどを抜き出し、きっちり数えてから五十万を次三郎に渡した。

「先払いだ。残りは村井と引き換えに渡す」

次三郎はいそいそと現金をポケットに突っ込むと、

「すまねえ。恩に着るよ」

そう言ってそそくさと事務所を出ていった。


「シオリンの鍋、喰ったのか？」

会うといきなり情報屋が言った。新宿末広《すえひろ》通りのメキシカンなバーの奥のボックス席だった。

「喰ったよ」

矢能は言った。食事を終え、栞が後片づけをしているあいだに矢能が風呂に入り、栞が風呂を済ませたあとはしばらく一緒にＴＶを見た。そして九時に栞に、おやすみ、を言ってから飲みに出てきていた。

「旨かったか？」

「ああ」

「ちゃんとシオリンにそう言ったか？」

「言ったよ」

「嘘だね。おめえはどうせ、美味しいですか？　って訊かれて、ああ、とか言っただけだろ？」

「違う」

嘘ではなかった。矢能はちゃんと栞を見て、「ああ、とても旨い」と言った。栞はケラケラと声を上げて笑った。矢能も少し笑った。

「どんな鍋なんだ？」

情報屋の言葉を無視して、矢能はカウンターの中のメキシカンな髭の親爺に、コロナビールを注文した。煙草をくわえて火をつける。そしてスマートフォンを取り出した。

「それより、これがあったのを思い出した」

メッセージアプリを開き、正岡と紗耶香のツーショット写真を表示する。

「これが正岡道明だ」

情報屋は矢能のスマホを手に取り、じっくりと眺めた。

「たしかに、中国人っぽくはねえな……」

「ああ」

「けど二十年も日本人として暮らしてりゃあこんなもんだろ。台湾出身のジュディ・オングとかみてえによ」

「アグネス・チャンは何十年経っても中国人っぽいぞ」

「ま、人それぞれってことか。……で、こっちが攫われた孫か？」

「そうだ」

「きのうあのあと、なんか依頼されたのか？」

情報屋はその写真をＡｉｒＤｒｏｐで共有すると、矢能にスマホを返した。

「ああ、依頼を引き受けた。人捜しだ」

矢能は、届いたコロナビールを瓶のまま呷《あお》ると、紗耶香からの依頼を簡単に説明した。

「その男はなにを調べてたんだ？」

「紗耶香の父親の行方だ」

「へえ、父親も行方不明なのか？」

「紗耶香が生まれる前からな……」

その父親だと思しき男がきのう死んだことは言わなかった。

「そういや、きのう貰《もら》った名刺を調べてみたんだがな……」

「ん？」

「企業データベースを当たってみたが、やっぱり正岡コーポレーションなんつう会社は存在しなかった。住所もデタラメだ。無関係のＡＶプロダクションが入ってた」

「…………」

「正岡道明ってのは、かなり胡散臭《うさんくせ》えな……」

「ああ、悪臭がプンプンする爺さんだ」

「その元デカも、とっくに死んでるかも知んねえぞ」

「どんな可能性だってある」

矢能はそう言った。

5

目が覚めたのは昼過ぎだった。矢能は煙草をくわえて電話をかけた。

「はい、工藤《くどう》ちゃんです」

「俺だ。矢能だ」

「これはこれは、お疲れさまでございます」

工藤は四代目菱口組の四次団体の組長で、六本木を拠点に数十人の若衆を抱えている。ヤクザだったころの矢能の兄弟分の若衆で、工藤にとって矢能は叔父貴ということになる。矢能が引退してからもつき合いのあるヤクザ者は工藤しかいなかった。

「お前ンとこの篠木《ささき》な、ちょっと借りていいか？」

「おやおや、今回は篠木をご指名ですか？」

「ヒマそうな奴なら誰でもいい」

「じゃあ、やっぱ篠木ですね」

「すぐに俺の事務所に来させてくれ」

「了解です。なんか矢能さん楽しそうですね」

「楽しかねえよ」

矢能は電話を切った。


食事から戻ると、待つほどもなく篠木がやってきた。事務所のドアを開けて矢能と目が合うと腰を折って深々と頭を下げる。

「お疲れさまですッ！」

ガタイがよくて頭の悪そうなツラをした、実際に頭の悪い野郎だ。三十前後の厳《いか》つい坊主頭には中学生が詰まっている。

矢能は煙草を灰皿に押しつけ、ノートパソコンを手にソファーから起ち上がると、

「出かけるぞ」

篠木に車のキーを渡して歩き出した。

ドアに施錠し、外階段を下りて一階の駐車場に入り、奥に駐めてあるレクサスに向かう。篠木は黙って矢能のあとに従った。

矢能はいままでに何度か篠木を運転手として使ったことがある。別に運転手が必要なわけでは

なかった。行く先々でいちいち駐車場を捜すのは面倒だが、路上駐車するためには誰かを運転席に座らせておかねばならない。篠木はそのためだけに呼ばれていた。篠木本人もそのことは承知している。

助手席に乗ると、カーナビに次三郎からの情報を見ながら村井の自宅マンションの住所を打ち込んだ。

「出せ。青梅街道を杉並方面だ」

「はいッ」

背すじを伸ばして応えた篠木は車をスタートさせた。

村井のマンションの前の路上に駐めたレクサスに篠木を残して、矢能はスロープを下って地下の駐車場に降りた。黒のヴェルファイアはすぐに見つかった。運転席のドアを開ける。ロックはされていなかった。

篠木が来る前に鍵屋に電話をかけていた。住所と車種とナンバーを伝えてドアロックの解除を依頼した。一般の鍵屋の十倍以上の料金を請求されるが、その価値は充分にある。

矢能がガキのころは、車のドアぐらいクリーニング屋の針金ハンガーさえあれば素人でも開けられた。ヤクザになってからは、他人の車のドアを開ける必要がある場合にはいつも窓ガラスを叩き割っていた。だが、こうも防犯カメラだらけの世の中になると、プロに頼める立場の人間がプロに頼むのは当然のことだ。

どんな業界にも非合法の仕事を請け負うプロは存在している。どれほど厳重な金庫でも鍵なしで開けるプロからしてみれば、車のドアを開けるくらい造作もないことだ。

作業服姿で工具箱を手にやってきて、手早く作業を済ませて引き上げる。もちろんプロだから防犯カメラの映像からアシがつかないように対策を講じているが、車を盗んだり、車の中の物を盗んだりするわけではないので実に堂々としたものだ。

矢能は運転席に乗り込むと、ドアポケットやロアボックス、オーバーヘッドコンソール、コンソールボックス、グローブボックスなど、あらゆる収納をチェックしてみたが、役に立ちそうなものは見つからなかった。

フロントガラスに吸盤で取り付けられているドライブレコーダーの側面のスリットからデータカードを抜き出す。16ギガバイトのマイクロＳＤカードだった。振り返って後部を見ると、リアゲートのウインドウにもドラレコが設置されているのが見えた。

運転席から降りて車の背後に廻りリアゲートを開ける。荷台をチェックし、後方用のドラレコからもマイクロＳＤカードを抜き出す。そして全てのドアをロックして駐車場をあとにした。

レクサスの助手席に戻ると、運転席の篠木に言った。

「さっき曲がってきた角にセブン‐イレブンがあったろ？　あそこの駐車場に入れろ」

篠木が頷いて車を出す。矢能はポケットから出したスティック状のカードリーダーにマイクロＳＤカードを挿《さ》し込んで、カードリーダーをノートパソコンの端子に接続した。ドラレコの専用ソフトがなくてもＯＳ標準のビューワーで映像だけは見ることができる。

カードの中には二つのフォルダがあった。一つ目は、Ｇセンサー Ｒｅｃ、というタイトルで、もう一つは、ノーマルＲｅｃ、のタイトルがついている。Ｇセンサーのほうは、なんらかの衝撃を感知して、三十秒遡《さかのぼ》って保存されたもので、ノーマルのほうは、常時上書き録画されている映像なのだろう。

　Ｇセンサーのフォルダを開いた。ずらりと映像のサムネイルが並んでいる。全てのタイトルが日付と時刻になっていた。日付は十一月二日と三日のみだ。一分〇一秒の動画が六十四項目保存されていた。ノーマルのフォルダを開くと、日付は十一月三日のみで、同じく一分〇一秒の動画が百二十二項目保存されていた。村井が自分の車を最後に使ったのは、いまから九日前の十一月三日であることは間違いない。コンビニの駐車スペースに車が駐まると矢能は言った。

「コーヒー買ってきてくれ。ホットのレギュラーをブラックで」

　篠木は素早く車を降りて店内に向かった。矢能は煙草に火をつけてパソコンに視線を戻すと、前方向けのノーマルＲｅｃの最も古い動画から順に再生した。トンネルの中を、ただ車が走っているだけの映像だ。なにも変わったことは起きないし、どこを走っているのかもわからない。

　専用のソフトを使えば映像と連動してマップ上に走行地点が表示されるし、その他様々な情報を見ることができるが、そのためには同じメーカーの専用ソフトを手に入れるかプロに依頼するしかなかった。だが、それをしたからといって、なにかが得られそうな手応えもなかった。

　やがて篠木が戻ってきた。矢能にコーヒーのカップを差し出す。自分用にアイスカフェラテのカップを手にしていた。矢能はコーヒーを啜《すす》り、映像に目を戻した。

「ああ、ドラレコですね。……アクアラインですか？」

矢能のパソコンを覗き込んだ篠木が言った。

「なんでわかる？」

「だって周りの車が千葉《ちば》ナンバーや習志《ならし》野《の》ナンバーや袖ケ《そでが》浦《うら》ナンバーじゃないですか」

「ほう」

矢能にはわかっていなかった。目の前の車はヘッドライトの反射でナンバープレートが白トビしていた。別の車線の車のナンバーは画面の中では小さすぎる上に高速で移動しているため全く読み取れていなかった。

篠木は頭は悪くても、視力や動体視力に関してはかなり優れた能力の持主のようだ。

「よし、お前に任せる」

矢能は動画の再生を停止すると言った。

「え？」

「前方向けと後方向けの二枚のデータカードの映像を全部見ろ。早送りはするなよ。トータルで六時間ほどしかかからない。きょう中にやれ」

「ま、マジすか……」

「全部見て、気がついたことを報告しろ」

「………」

「心配するな。ちゃんとギャラは払ってやる」

「え？　いくら？」

「お前の働き次第だ」

「はあ……」

「俺は事務所に帰る。お前は好きなところで降りていいぞ」

篠木は哀しい顔をして、無言で車をスタートさせた。


中野の駅前のネットカフェで全ての映像を見終えた篠木から電話がかかってきたのは、矢能が栞とファミレスで夕食を済ませて戻ってから二時間ほどが経ったころだった。

すぐに来い、と矢能は言った。そして篠木はすぐにやってきた。事務所のソファーに腰を落ち着けると篠木は言った。

「あの車、尾行されてますね」

「ほう」

「アクアラインのトンネルの中で後ろにいた車が、西荻《にしおぎ》のマンション付近でも映ってました」

「どんな車だ？」

「これです」

篠木が一枚の紙を差し出す。後方向けのドラレコの映像の静止画の一部分を拡大してプリントアウトしたものだ。矢能にはひと目でわかった。

それは、ダークグレーのメルセデスのステーションワゴンだった。

「田崎か……」

思わず矢能の口から呟《つぶや》きが漏れた。

寺西を射殺した田崎が、村井の失踪にも関与している。いったいなにが起きているのか。

「あの……」

おずおずと篠木が声を出した。

「俺、なにかお役に立てました？」

「ああ」

矢能は足元に置きっ放しだった手提げの紙袋から、次三郎に渡した残りの五十万を取り出して篠木に差し出す。

「えっ？」

現金を手に取った篠木が驚きの声を出した。

「こんなに？」

「お前はいい仕事をした」

「あざーす！」

篠木はゴキゲンな顔で深々と頭を下げると、現金を上着の内ポケットに仕舞い込み、

「またなんかありましたら、いつでも声をかけて下さい」

とソファーから起ち上がる。

「ちょっと待ってろ」

矢能はそう声をかけてスマホを取り出し、履歴の中から田崎の番号を見つけて電話をかける。

「はい……」

雑な、田崎の声がした。

「俺だ。矢能だ」

「…………」

「村井という男を知ってるな？」

「あ？」

「会って話がしたい。いまどこにいる？」

「あんたに話すことはなにもない」

それで電話が切れた。

「クソ！」

矢能は続けて正岡の携帯を鳴らした。篠木はわけがわからずに、ソファーに尻を戻して矢能を見ていた。

「矢能です」

「ん？　なんだ？」

「田崎と話をする必要がある。直接電話したが断られた。あんたがアポを取ってくれ」

「キミの仕事は終わった。なにを話すと言うんだ？」

正岡が冷やかな声で言った。

「あのあと、俺はあんたのお孫さんから依頼を受けた」

「紗耶香が？」

正岡が、訝《いぶか》しげな声を出した。

「なんの依頼だ？」

「ある人物を捜してくれと頼まれた。その男は八日前から行方不明だ。そして、その件に田崎が噛んでることがわかった」

「…………」

「あんたが知らないんなら、田崎が勝手にやってるってことだ。いいのか、それで？」

「もういい」

正岡の声が険《けわ》しさを増した。

「田崎からは私が話を聞く。キミはもう忘れろ。紗耶香の依頼はキャンセルさせる」

「お孫さんは、それで納得するかな？」

「忘れろと言ったはずだ。後悔することになるぞ」

電話が切れた。矢能は頭にきていた。

後悔することになるぞ。正岡は、矢能に向かってそう言った。後悔させられるもんならさせてみろ。そう思った。続けて次三郎に電話をかける。

「次三郎、いま大丈夫か？」

「次三郎って言うなよぉ」

「いまから言うナンバーの車を見つけろ」

篠木が寄越したプリントアウトから、かろうじて読み取れたナンバーを伝える。

「ダークグレーのベンツのステーションワゴンだ。見つけたら、前の件とは別に百万払う」

「ありがてえッ、任しといてくれッ！」

矢能は電話を切った。

「あ、あのー……」

遠慮がちに篠木が声を出した。

「ああ、きょうはもう出かけることはない。帰っていいぞ」

「あの、……なにが起こってるんです？」

「俺にもわからん」

矢能は正直にそう言った。

6

昼前に起きると、ゆっくり身支度を整えて食事に出かけた。中野の駅の近くの洋食屋でランチを喰って事務所に戻ると、ドアの前に紗耶香が立っていた。

「おや、お待たせしたかな？」

矢能は言った。

「いえ、まだ来たばかりです」

暗い表情の紗耶香が言った。本当に来たばかりだとは思えなかった。

「お祖父さんから、依頼を取り消せ、と言われましたか？」

ソファーに向かい合って座ると、そう切り出した。

「はい……」

紗耶香は俯いたまま、顔を上げようとはしなかった。矢能は煙草に火をつけ、のんびりと彼女の言葉を待った。

「あの、申しわけありません。無理にお願いしたのに……」

自分の膝の辺りに目を向けたまま紗耶香が言った。

「それは、依頼を取り消す、という意味なのか？」

矢能は言った。

「え？」

紗耶香が顔を上げた。

「お祖父さんは、どういう理由で依頼を取り消せと言ってきたんだ？」

「あの、矢能という男はヤクザだ。危険な男なんだ。お前が関わるべきではない、と……」

「フッ……」

矢能の鼻から息が漏れた。

「調査するふりをして、法外な料金をお前から騙し取ろうとしているんだ、と……」

「……で？」

「わたしが、矢能さんは無料でやってくれています、と言うと一瞬息を飲んで、いや、それこそが怪しい。世の中タダより高いものはないんだ、と……」

「なるほど」

矢能は、笑いが鎮《しず》まるのを待って言った。

「あなたは、それを聞いてどう思いました？」

「わたしは、矢能さんを信じています」

「では、あなたはどうしたいんです？」

「…………」

「正岡道明氏には彼なりの、なにか不都合な点があるんだろう。だからあなたに依頼を取り消すように言った。彼がそうしたいと思うならそうすればいい」

「…………」

「だが、それに従うかどうかはあなたが決めることだ」

「……わからないんです」

ほとんどが吐息のような微かな声で紗耶香が応えた。

「わたしは、どうすればいいのかわからない……」

矢能はなにも言わなかった。紗耶香が哀しい眼で矢能を見た。

「わたしを、軽蔑しているんですね？」

矢能は短くなった煙草を灰皿に押しつけた。

「いや、どちらかと言うと同情している」

「わたしが、弱い人間だからですか？」

「秘密が多い家庭に生まれたことをだ」

「…………」

「あなたの実家は目黒《めぐろ》区でしたね？」

「ええ、駒沢《こまざわ》公園の近くで……」

「自分の戸《こ》籍《せき》謄本《とうほん》を見たことはあるかな？　抄本《しょうほん》ではなく、謄本だ」

「どういうことです？」

「二十年前まで、お祖父さんは中国人、呉道明《ウーダオミン》だった」

「えっ？」

「来日して正岡姓の女性と結婚して、日本国籍を取得している」

「そんな……、聞いたことがありません」

「二十年前ならお祖父さんは五十代の後半だ。その歳で結婚したとすれば、あなたのお母さんはどちらかの連れ子ということになる」

「母は、生まれてからずっと日本で暮らしています。小学校も中学校も高校も大学も。子どものころの話はいろいろと聞いていますし、写真も見たことがあります」

「だったらお祖母《ばあ》さんの連れ子だ。お母さんもあなたも、正岡道明とは血が繋がっていない」

「…………」

　紗耶香は、信じられない、という眼で矢能を見ていた。

「お祖母さんはいまどうしてる？」

「亡くなりました。わたしが小二のときですから、もう十二年になります」

「病気で？」

「はい、癌《がん》があちこちに転移して……」

「そうか……。お母さんに兄弟は？」

「いません。母もわたしも一人っ子なんです」

矢能は新たな煙草に火をつけた。深く吸い込んで、長く煙を吐き出す。

「いままでにわかったことによると、村井は九日前に忽然《こつぜん》と姿を消している」

「え？」

「自宅のマンションには、少なくとも一週間前から帰っていない。キッチンの流しには洗い物が溜まっていて、旅行に使いそうな物は全て部屋に残されていた。そして彼の携帯電話は、九日前から使用されていない」

紗耶香の前に、次三郎から渡された二枚の紙を並べる。一枚は村井の個人情報で、もう一枚は携帯の通話記録だ。紗耶香は、驚きというよりも困惑に近い表情を浮かべていた。

「お願いしてまだ三日なのに、こんなに調べられるものなんですか？」

「私は、特殊な探偵なのでね」

矢能は平然と続けた。

「村井の車のドライブレコーダーも調べた。尾行されていたことがわかった」

「………」

「尾行していたのは、あなたのお祖父さんの部下だ」

「！」

紗耶香が息を飲んだ。

「お祖父さんの部下の、田崎、という男を知ってるか？　三十前くらいの男だ」

「いえ……」

紗耶香は首を横に振った。

「私はお祖父さんに、田崎と話す必要がある、と言った。お祖父さんは、忘れろ、紗耶香の依頼はキャンセルさせる、と言った」

「………」

「私は他人に、忘れろ、と命じられて、器用に忘れられる性分じゃなくてね」

矢能は言った。

「忘れられる気分になるまでは続ける。お祖父さんにそう伝えておけ」

「でも、わたしがお願いしたせいで、あなたまで危険な目に遭《あ》ったら……」

紗耶香はいまにも泣き出しそうだった。

「あなたのせいじゃない」

「え？」

「村井は、あなたの父親を捜したから行方不明になったんじゃない」

「え？　じゃあ……」

「調査の過程で別のなにかを知った。私には、そうだとしか思えない」

「………」

「二十年前に消えた人物を捜したからといって、誰にも害を及ぼすことはない。どんな悪党でもそれぐらいのことなら放っておく。だが、村井は放っておけない存在になった」

そのとき矢能のスマホが鳴り出した。次三郎からだった。

「見つけたぜ。ベンツのステーションワゴン」

「どこだ？」

「高樹町《たかぎちょう》のオフィスビルの駐車場だ。いま現物を見てきた。ＧＰＳの発信機をつけといたぜ」

「上出来だ」

「いまからそっちに行って、スマホのアプリで追跡できるようにセッティングするよ」

少しでも早く百万の現金を受け取りたいのだろう。そう思った。

「ああ、そうしてくれ」

電話を切った。紗耶香に目を向ける。紗耶香は項垂《うなだ》れて両手で顔を覆っていた。矢能は、いまにも落ちそうなほど長くなっていた灰を灰皿に落とした。

「わたしは、パンドラの匣《はこ》を開けてしまったんですね……」

紗耶香が言った。

「………」

そうかも知れない。だが、その匣に希望が残っているとはかぎらない。矢能はそう思った。

ふいにドアにノックの音がした。矢能が返事をする間もなくドアが開き、スーツ姿の男が二人入ってくる。四十代後半と三十代半ばの、がっちりした体つきの男たちだ。

デカだな。矢能はそう見当をつけた。

「警視庁捜査一課の者ですが、あなたが矢能政男さんですか？」

四十代が言った。二人のデカが警察バッジを掲げて見せる。

「そうですが？」

矢能はソファーに座ったままで言った。捜査一課がなんの用だ？　そう思った。

「寺西彰吾という人物をご存知ですよね？」

警察バッジを仕舞った四十代が言った。紗耶香が息を飲む音が聞こえた。眼を大きく見開いてデカたちを見ていた。

「知らない。……その人がなにか？」

「けさ方、遺体で発見されました。銃で頭を撃たれて即死です」

紗耶香が短い悲鳴を漏らした。視線が宙を彷徨《さまよ》っている。体が傾《かし》いだように見えた。このまま気を失うのではないか。矢能はそう思った。

「失礼、若い女性には刺激が強すぎたようですね」

さして詫びているふうでもなく四十代が言った。

「その事件と私と、なんの関係が？」

矢能は言った。

「遺体のポケットの中にあなたの名刺がありました。本当はご存知なんでしょ？」

「知らない。だから名刺も渡していない」

「そうですか、困りましたな……。あなたならきっとなにかご存知だろうと思って伺ったんですがね……」

「生憎《あいにく》ですが、私はなにも知らない」

「ちなみに、三日前の午後はどちらにいらっしゃいました？」

「…………」

言えるわけがなかった。そのとき、まさに寺西が殺された現場にいたのだから。

俺を、この件に巻き込んだ野郎の狙いはこれか！　矢能の奥歯がギリッと音を立てた。

第三章

恐喝

BLACK GUARD
—— Chapter 3 ——

1

「今月十日の、昼から夕方までの時間、あなたはどこにいたんです？」

冷やかな眼で四十代のデカが言った。

「その日は調査の仕事で出ていた」

矢能は言った。

「だが、どこにいたのかは話せない」

「なぜ？」

「依頼人のプライバシーに触れるからだ。探偵にも守秘義務があってね」

「じゃあ依頼人の許可があれば話せるってことだな。依頼人の名前を聞いとこうか」

「内幸町の竹村弁護士の依頼だ。あとはそっちに訊いてくれ」

三十代のデカが手帳にメモを取っていた。四十代は不服げに頷き、

「名刺を一枚もらえるかな？」

矢能は、上着の内ポケットから一枚抜き出してデカに渡した。

「同じものか？」

四十代は、名刺の縁《ふち》を指で挟《はさ》んでしげしげと見ている。

「それとも、俺の指紋が欲しかっただけか？」

俺の指紋なら、とっくにお前らのデータベースに登録されてるぞ。そう思った。

「見た目では、同じものに見える」

四十代が言った。そして傍《かたわ》らの三十代に名刺を手渡す。

「誰かが俺を、事件に関係があると思わせたいらしい」

矢能は言った。

「なんのために？」

「さあ、初動捜査を混乱させたいんじゃないのか？」

「なにか、心当たりでも？」

「知っての通り、俺は元ヤクザだ。俺に敵意を持ってる野郎は腐るほどいる」

「だろうな」

そのまま二人のデカは事務所を出ていった。矢能は紗耶香を見た。気を失ってはいなかった。

紗耶香も矢能を見ていた。なにか言おうとするのだが、上手く言葉にできないでいるようだ。

「あなたの父親は死んだ」

矢能は言った。

「寺西彰吾という人物が、本当にあなたの父親であればの話だが」

漸《ようや》く紗耶香が寺西の死を知ったことで、矢能は少し気が楽になっていた。

「これでもう、あなたは父親を捜す必要がなくなった、というわけだ」

「…………」

「もう、全てを忘れてしまえばいい」

「父が、殺されたのも……」

思いつめた表情で紗耶香が言った。

「わたしが父を捜そうとしたせいなんですね……」

「そうじゃない」

「え？」

「あなたとは無関係のところで、あなたのお祖父さんや寺西が住む世界になんらかの異変が生じていた。たまたまそのタイミングで、あなたが父親捜しを思い立った、というだけのことだ」

そうなのかどうか、本当のところはわからない。矢能は、この女の子の心の傷が少しでも浅くなるようにそう言っただけだった。

「なぜ、そうだとわかるんですか？」

「勘だ」

「勘？　ただの勘ですか？」

紗耶香が、少しがっかりしたように言った。

「長年、悪党の世界を見てきたことによって培《つちか》われた勘だ。私の勘はめったに外れない」

矢能はそう言った。紗耶香はそれ以上なにも言わなかった。


紗耶香が帰るとすぐにスマホを取り出して、正岡に電話をかける。

「俺だ。矢能だ」

正岡は返事をしなかった。

「なぜ寺西の死体を出した？」

「なに？」

正岡は本当に驚いているようだった。

「たったいま、一課のデカが俺のところに来た」

「な、なぜお前の——」

「そんなことはどうでもいい。なんで死体を出したんだ？」

「私は命じていない」

「田崎が勝手にやったってのか？　田崎とは話をしたのか？」

「いや、あれから何度電話をしても出ない」

「フッ、あんたの影の帝国は、崩壊が始まったらしいな」

「お前には関係ない」

「なんなら、俺が田崎を見つけてやろうか？」

「必要ない。こっちでやる」

「俺とあんたらと、どっちが先に見つけると思う？」

「お前はこの件から手を引け」

「いまはもう、俺自身の問題になった。他人の指図《さしず》は受けねえよ」

電話を切った。続けて情報屋に電話をかけた。

「俺だ。矢能だ」

「どうした？」

「十二年前に死んだ、正岡の嫁のことを調べてくれ。呉道明《ウーダオミン》と結婚した時点で大人の年齢の娘がいた。その娘の父親が誰なのか知りたい」

「そりゃ調べたっていいけどさぁ……」

「今回はカネを払ってやるぞ」

「マジかよッ？」

情報屋は矢能に借金がある。前の探偵の墓を半分ずつ出し合って建てたのだが、いまだにそのカネを払っていないからだ。これまでの情報屋への報酬は、その利息分で消えていた。

「だったら、ちょいとばかし本気出してみようか」

情報屋が楽しげに言った。

「じゃあ頼んだぞ」

電話を切った。煙草に火をつける。これまでのことを整理してみようと思った。

矢能が、なにかのために利用されたことは間違いない。だが、その目的はいまだにはっきりとしなかった。矢能を寺西殺しの犯人に仕立て上げようとしているわけではないのはあきらかだ。そのつもりならもっと確実な証拠を用意するはずだし、そもそも死体を出しさえしなければ警察が捜査を始めることもないからだ。

田崎が寺西を殺したのは正岡の指示だった。だが死体を出したのは正岡の指示ではなかった。なぜ田崎は寺西の死体を出す必要があったのか。

サトウは寺西が殺されたことを驚かなかった。当然のことのように受け止めていた。それならばなぜ寺西は、殺されることを警戒していなかったのか。

二億で売り渡されることがわかっていたはずなのに、寺西は拘束されてはいなかった。自らの意思でやってきたかのような落ち着きと余裕を見せていた。それはいったいなぜなのか。

寺西が、ただの暢気《のんき》な人間であったり、騙されて連れてこられるような種類の人間だとは思えない。長年裏社会で生き延びてきた、抜け目のないプロとして矢能の眼に映っていたからだ。

サトウを傭《やと》ったのは、寺西か……。ふいにその考えが頭に浮かんだ。

寺西は、自らの意思で、殺されるために姿を現した。そういうことなんじゃないのか。ならばその目的はなんなのか。死体が出ることも計画の一部なのだろうか。仮にそうだったとすれば、田崎は寺西の指示で動いていることになる。そんなことがあり得るのか。

いきなり勢いよくドアが開いて次三郎が入ってきた。満面の笑みを浮かべていた。

「いやー苦労したぜ」

ソファーに腰を下ろして次三郎が言った。

「いまやってる連続窃盗事件に匿名《とくめい》のタレコミがあったようにでっち上げて、Ｎシステムで検索をかけたんだ。見つけるにゃあ見つけたが、後始末が面倒《めんど》臭《くせ》えよ……」

それが本当かどうかは怪しかった。あまりにも簡単に見つけたことを知られると報酬を値切られるとでも思って話を盛っている可能性があった。もしかすると、ステーションワゴンの登録を調べて車庫証明を取った場所に行ってみたら駐まっていた、というだけのことかも知れない。

「スマホを貸してくれ」

矢能のスマホを受け取ると、次三郎はＧＰＳ追跡アプリをダウンロードして、発信機の説明書の紙を見ながらセッティングしていった。

「あれから動いてねえな。高樹町に駐まったままだ」

矢能のほうに画面を向ける。マップ上で赤い丸が点滅していた。

「発信機のバッテリーは最大二週間保《も》つそうだ」

「ああ」

矢能は足元の紙袋から百万の束を取り出して、次三郎の前に放った。

「へへ、助かるよ」

スマホと説明書を矢能の前に置くと、札束をスーツのポケットに突っ込む。

「けど、大丈夫なのか？　こんなにカネを遣いまくってよ」

「必要とあればいくらでも遣う」

矢能は言った。

「じゃあもっと働かせてくれよ。俺は使える男だぜ」

「またなにかあったら連絡する」

「そろそろ話してくれてもいいんじゃないか？　あんた、なにを狙ってんだ？」

「そうだな……」

そのときドアにノックの音がした。

「どうぞ」

矢能の声にドアが開いた。入ってきたのは、高級そうなスーツを身に纏《まと》った大男だった。歳は五十前後だろうか。引退したプロレスラーのように見えた。

「お邪魔でしたかな？」

掠《かす》れた声で男が言った。矢能に眼を向けて、

「あなたが矢能さんですか？」

「そうだ。どちら様かな？」

矢能の問いかけに男は応えず、冷やかな視線を次三郎に向けた。

「じゃあ、俺はこれで……」

次三郎がソファーから起ち上がる。

「連絡待ってるぜ」

ドアに向かった百五十キロの力士体型を通すために、百キロは超えているだろうプロレスラー体型の男が脇に避《よ》けた。

「どうぞ」

矢能は次三郎が座っていた来客用のソファーを掌で示し、スマホとＧＰＳの説明書をポケットに仕舞う。笑顔を浮かべて近づいてきた男は、行儀よくソファーに腰を下ろした。

「突然お邪魔して申しわけない」

男はスーツの内ポケットから名刺を一枚取り出して矢能の前に置いた。矢能は手に取って名刺を見た。〈正岡コーポレーション　総務部　部長　大垣征四郎《おおがきせいしろう》〉とあった。

「田崎の、上司の方ということかな？」

矢能は言った。

「ええ。昨夜あなたが田崎に電話をかけて以降、田崎と連絡が取れなくなりましてね」

大垣が言った。言葉は丁寧だが、威圧感を与えるしゃべり方だ。

「……で？」

「あなたは、田崎になにを言ったんです？」

「さあね……」

矢能が、目の前の大男に協力しなければならない理由はなかった。だが、この男が手ぶらでは帰らないこともわかっていた。

「正岡コーポレーション」

矢能は手にしたままの名刺に眼を落として言った。

「こんな会社は存在しない。ここに書かれている住所には無関係のＡＶプロダクションが入っている。違うか？」

「……」

「さあ、腹を割って話そうか」

矢能は大垣の眼を見据えて言った。

2

「なにをだ？」

大垣が、丁寧な言葉を棄《す》てた。

「腹を割って、お前となにを話せばいいんだ？」

「田崎は、なぜ寺西の死体を出した？」

矢能は言った。

「知らん。田崎が勝手にやったことだ」

無表情に大垣が言った。

「なんでそんなことを気にする？」

「死体から俺の名刺が出た。そのせいで一課のデカがここに来た」

「お前にはアリバイがない。殺しの現場にいたんだからな……」

大垣が薄笑いを浮かべた。

「それで怯《おび》えてるってわけか？」

「あんたは馬鹿なのか？」

矢能は本気でそう思った。大垣の眉間に皺《しわ》が立った。

「あ⁉」

「田崎が撃つのを俺は見てる。それが正岡の指示なのも知ってる。俺がサツに疑われて、怯えるべきなのはあんたらのほうだ」

「…………」

「寺西の死体は永久に出てこないように処理されるはずだった。なのに死体が出てサツが捜査を始めた。田崎はあんたらの組織を危機に晒《さら》したんだ。知らん、わからんで済む話じゃない」

「だったら、お前が死ねば目撃者はいないってことだな」

大垣は平然とそう言った。

「ほう、誰が俺を殺《や》るんだ？　田崎はもう使えない。あんたが殺《や》るのか？」

矢能は言った。

「簡単なことだ」

大垣は余裕の笑みを浮かべた。ゴツい掌《て》で自分の顎《あご》を撫《な》でる。曲げた右の上腕が、スーツの袖《そで》が張り裂けそうなほどに膨《ふく》らんでいた。

矢能は目の前の大男を怖いとは思わなかった。

矢能は格闘技の経験者ではないし、歳も五十に近づいてきている。三十年も煙草を吸い続けてきているし、もう何十年も運動らしい運動をしたことがない。体力の勝負に自信が持てるはずがなかった。

だが、たとえ大垣がなんらかの格闘技経験者であろうと、ジム通いやランニングで体力の維持に努めていようと、殺すか殺されるかの場面で敵に後《おく》れを取らないだけの術《すべ》を矢能は身につけていた。暴力というのは常にアンフェアなもののことをいう。そしてここは矢能のホームだ。

「あんたがそう思うんならやってみればいい」

その一方で、いい歳をした男二人がバタバタするのは見苦しい。そうも思った。矢能は煙草をくわえて火をつけた。

「ただ、一つ教えといてやるが、さっき出てった肥《ふと》った男、あれはデカだぞ」

「………」

大垣の薄笑いが消えた。

「そしてあんたは、人の記憶に残りやすいタイプだ」

「可能性の話をしただけだ」

大垣がぎこちない笑みを見せて言った。

「それならそれでいい」

矢能は言った。

「あんた、寺西のことはどれだけ知ってる？」

「お前は、まだ俺の質問に答えてないぞ」

「あんたが俺の質問に答えれば、俺もあんたの質問に答える」

「…………」

大垣の動かない眼が矢能を凝視《ぎょうし》していた。矢能は平然とそれを撥《は》ね返した。

「それが嫌なら帰れ」

大垣が、深いため息をついた。

「俺は、かつては寺西の部下だった」

「いまのあんたと田崎のような関係ってことか？」

「まぁ、そんなところだ」

「そうか……」

灰皿に灰を落とすと、矢能は前に身を乗り出した。

「寺西の首には、懸賞金がかけられていた」

「！」

大垣が息を飲む。

「そうだな？」

「誰に聞いた？」

「聞かなくてもわかる。それしかないんだ」

大垣が眼を見開く。

「寺西は、殺されるために出てきた。懸賞金を手に入れるのが目的だろう」

「なぜわかる？」

「寺西は拘束されてはいなかった。なにも警戒していなかった。覚悟を決めていたからだ」

「…………」

「本人がのこのこ出てきても殺されるだけだ。カネは受け取れない。二億に値上げした懸賞金を確実に手に入れるためには、サトウと俺が必要だった。そうだとしか思えない」

「そういうことか……」

大垣が深いため息を漏らした。

「なぜいまごろになって寺西が捕まったのか、不思議に思っていたんだ」

「正岡は長年の問題が片づいた。寺西も目的を果たした。双方が満足して終わるはずだった」

「…………」

「だが田崎が死体を出した。あんたらの組織を危機に晒した。奴になんの得がある？」

「わからん」

大垣が苦々しげに言った。

「己《おのれ》の無能を認めるようで腹立たしいが、俺には見当もつかん」

「よし、そろそろあんたの質問に答えてやろうか」

矢能は言った。この男がいま話せることは、このくらいのものだろう。

「俺は田崎に、村井の件で話がしたい、と言ったんだ」

「村井？　誰だそれは？」

矢能は簡潔に、村井が何者で、どういう状況にあるかを話した。

「おそらく、村井は田崎に殺されている」

矢能の言葉に大垣が頷く。

「そうらしいな」

「村井は、寺西の行方を捜す手がかりを警察庁のデータベースで調べた。過去の犯罪歴や出入国記録など、寺西の名前が登場する記録の全てに目を通した。その結果、あることに気がついた」

「なんだ？」

「正岡の秘密だ」

「…………」

「俺には、それがなんなのかはわからん。だが、あんたには心当たりがあるんじゃないか？」

「さあな」

大垣には、それがなんなのかわかっているのはあきらかだった。

「村井はデカのくせして強請《ゆす》りをやって馘首《クビ》になった男だ。寺西を捜して女子大生から端《はした》ガネを稼ぐなんてのはどうでもよくなった。正岡から大金を引っ張る。そっちにシフトした」

「なるほど」

「それから村井は正岡の周辺を探り始めた。だが、早々にその動きを田崎が察知した」

「俺や田崎の仕事は、組織の危機管理だからな」

「田崎は村井を捕まえて吐かせた。あるいは、その接触を利用して、村井が田崎を自分の計画に引き込もうとしたのかも知れん」

「ありそうなことだ。田崎を仲間にできれば、元デカが一人でやるより上手くいく可能性は格段に高くなる」

「だが、田崎にとって村井は必要なかった。だから殺した」

「田崎は、その元デカから仕入れた情報をネタに、会長を強請ろうとしてるってことか？」

「組織を裏切る野郎には二通りしかない。サツにタレ込むか、カネを奪おうとするかだ」

「それと寺西の死体を出すことと、どう繋がる？」

「それはわからん。だが、なんらかの関わりがあるはずだ」

「…………」

「なんにしろ、田崎を捕まえればわかることだ」

「見つける自信があるのか？」

「まぁ、なんとかなる」

「だったら、俺たちは協力し合えるんじゃないか？」

「あ？」

「会長がなんと言ったかは知らんが、俺たちの目的は同じだ。競い合う必要はないだろ？」

　大垣が笑みを見せた。

「俺を傭いたい、と言ってるのか？」

矢能は、大垣の真意を測《はか》りかねていた。

「こっちが先に見つければ、お前にはビタ一文払わん。だがお前が先に見つけたら一千万払う。これでどうだ？」

大垣が言った。

「なるほど」

気前がいいな。最初《ハナ》からカネを払う気などないのだろう。そう思った。

「ただし、お前が田崎を見つけても、なにか聞き出す前に必ず俺を呼べ。こちらの知らないことを先にお前に知られるのは気に喰わない。それが条件だ」

「わかった。それでいい」

「よし。……で、どこから手をつけるつもりだ？」

「そうだな……」

矢能はソファーに背を預けると、スマホを取り出してＧＰＳ追跡アプリを開いた。赤い丸は、先ほどと同じ場所から動いていない。駐車場に駐めっ放しということは、田崎は乗っていないということだ。高樹町の近辺に潜《ひそ》んでいるのか。それとも別の車に乗り替えたのだろうか。

「なにしてる？」

大垣が言った。

「いや」

矢能はスマホを上着のポケットに仕舞った。

「とりあえず、正岡の娘と会う」

「あ？」

「段取りつけてくれ」

「お嬢さんが、なんの関係がある？」

「アポを取ってくれるのか？　くれないのか？　どっちなんだ？」

矢能はそう言った。

3

リズミカルなハイヒールの靴音が近づいてきた。矢能は顔を上げた。

正岡の娘、志穂《しほ》が理事長を務める、代々木《よよぎ》にあるアート系の専門学校のロビーラウンジの一角だった。周囲を通り過ぎてゆく十代らしき学生たちは、攻めすぎたファッションをしているか、センスとは無縁のオタク系かのどちらかだ。

正岡志穂は、ハイブランドのものと思われる仕立ての良いスーツ姿で現れた。膝丈《ひざたけ》のタイトなスカートから伸びるふくらはぎが美しい。

紗耶香からは四十六歳だと聞いていたが、その透明感のある顔立ちは、四十を超えているようには見えなかった。

「あなたが探偵さん？」

樹脂製の白いスツールから起ち上がった矢能の二メートル前で足を止めた志穂が言った。背が高く、頭が小さい。セレブの役を演じている女優かのように思えた。

「ええ、矢能と言います」

矢能が差し出した名刺を手に取って一瞥《いちべつ》すると、

「どうぞお掛け下さい」

と言って向かいのスツールに腰を下ろした。

「紗耶香に依頼されたのね？」

勝気な笑みを浮かべて志穂が言った。

「ええ。その前にはあなたのお父上から……」

矢能はそう言った。志穂の笑みが消えた。

「そう。……どうせロクな依頼じゃないわね」

「寺西彰吾が死にました」

「えッ？」

志穂が眼を見開く。

「いつ？」

「三日前。けさ遺体が発見された」

「もしかして、自殺？」

「なぜ、そう思うんです？」

「いえ、……ちょっと、そんな気がしただけ」

「他殺です。銃で頭を撃たれて即死だった」

「…………」

志穂はショックを受けているようだったが、それは悲しみではなく困惑のように見えた。

「あなたは紗耶香さんが父親を捜そうとしていることを知っていた。そうですね？」

「ええ。相談されたのでね」

「あなたは反対した？」

「やめときなさい、そう言ったわ。いいことはなにもないからって。……でも、それであの子が諦めたりはしないこともわかってた」

「探偵を傭うことも聞いてましたか？」

「いいえ。だけどそれ以外の方法は思い浮かばなかった」

「だからあなたは、寺西彰吾に連絡した」

「…………」

志穂の眼が、ジッと矢能を見つめた。

「なぜ、そう思うの？」

「寺西は、他人の人差し指を使って自殺した。私はそう考えている」

「……どういうこと？」

「寺西は、紗耶香さんに見つかるよりも死を選んだ。彼にそれを伝えられるのはあなただけだ」

「ええ。そうなるわね」

「普段から連絡を取り合っていたんですか？」

「十年くらい前までは、時々……」

「あなた方は、憎み合って別れたわけではなかった」

　志穂が頷く。

「彼は、男としてはとても魅力的な人だった。でも、平穏な家庭を築ける人ではなかった。それがわかったから、彼と生きていくことを諦めたの」

「彼に、なんと言ったんです？」

「メールよ。彼のアドレスがまだ生きてるかどうかわからなかったけど、試しに送ってみたの。紗耶香があなたを捜そうとしている。いまさら見つからないでよ。……とだけ」

「返信があったんですね？」

「心配はいらない。俺はもうすぐ死ぬ」

「…………」

「医者に余命を宣告された。半年から一年。そう言われた患者は、大抵最初のひと月かふた月で死ぬ。……そう書かれていたわ」

　やはり、寺西の背中の傷は手術の痕だったようだ。そのときに全ての病巣《びょうそう》を取りきれなかったか、数年後に再発したのだろう。

「それで？」

「だったら、あなたの死が紗耶香にも伝わるようにして。そうでないと紗耶香はいつまでも父親を捜し続けることになるから。……そう送った。それっきり返信はなかった」

「すでに、紗耶香さんには伝わっています」

「あなたが伝えたの？」

「ええ」

本当はデカから直接聞いているのだが、それを母親に知らせても意味はない。

「じゃあ、あなたの仕事ももう終わりね」

志穂が言った。

「いや、私は父親捜しを依頼されたわけじゃない」

「え？　じゃあなに？」

「紗耶香さんから父親捜しを依頼された村井という男が消えた。私はその男がどうなったのかを調べてほしいと頼まれた」

「その人は、どうなったの？」

「あなたが知る必要のないことだ」

「父が、関係してるのね？」

「そうじゃないかも知れない」

「父とは、関わらないほうがいいわよ」

「お父上からも、手を引け、と言われている」

「だったら、なぜ……」

「依頼人以外から指図《さしず》されるのは気に喰わない」

「………」

志穂の、緑がかった瞳が矢能を見つめる。

「あなた、本当に探偵？」

「いまのところ、探偵以外の仕事はしていない」

「父は、怖い人よ」

「この学校も、お父上のものなのかな？」

矢能は周囲を見回して言った。ロビーは三階までの吹き抜けになっていて、レトロとモダンが融合《ゆうごう》したような贅沢な空間になっていた。

「いいえ。父は一切無関係よ。母の祖父が興《おこ》した学校法人の一部をわたしが引き継いだの。潰れかけていたデザイン学校を、十年かけて業界トップレベルの人気校に押し上げた」

志穂が、少し胸を張ったように感じた。

「資金援助もなし？」

「ええ。わたしは父とは関係を断《た》っているから」

「では、なぜ寺西と別れたあとお父上の元に？」

「母の元へ帰ったのよ。……母は入院していたの」

「ええ」

「人は、生きる気力を失うと簡単に死んでしまうわ。母には、なんとか生きる気力を持ち続けてほしかった。それには、孫を抱かせるのが一番だと思った」

「なるほど」

「お蔭で母は、それから七年生きてくれた。母の葬儀以来、父とは会っていないわ」

「わかりました。ご協力に感謝します」

矢能はスツールから起ち上がった。

「ちょっと待って」

志穂が、座ったままで言った。

「なにか？」

矢能は、立ったままで言った。

「いま、わたしが話したことも紗耶香に伝えるのよね？」

「部分的には」

「え？　……どの部分？」

「あなたは、紗耶香さんが、自分が捜したせいで父親が死を選んだ、と思ってしまうことを気にしている」

「ええ」

「私も、彼女にそう思わせたいとは思わない」

「え？」

「寺西彰吾は余命宣告を受けていた。彼は、最期にやるべきことをやって満足して死んだ。私はそう考えている」

「…………」

「彼女が父親を捜したことと結びつけなければならない理由はない」

志穂が、柔らかな笑みを浮かべた。

「あなた、見かけによらず優しいのね」

「時と場合による」

「ご結婚は？」

「いや」

「でしょうね。あなたも平穏な家庭を築けるタイプだとは思えない」

志穂はにっこりと笑い、傍《かたわ》らのスツールに置いていた小ぶりなクラッチバッグから名刺を一枚抜いて起ち上がった。

「一度、一緒にお酒でもいかが？」

矢能は、受け取った名刺を見もせずにシャツの胸ポケットに仕舞い、

「勇気が湧いたときに連絡します」

志穂の顔を見ずにそう言った。

「奥のわたしの部屋にお通しして、お飲み物を差し上げなかった失礼を後悔しています」

志穂が言った。

「いや、問題ない」

矢能は言った。

「飲み物があると煙草を吸いたくなるのでね」

「煙草は止《や》めたほうがいいわよ」

志穂が揶揄《からか》うような笑みを見せた。

「他人の指図は受けない」

矢能は志穂に背を向けて歩き出した。

4

中野に戻って、事務所が入っている建物の一階の駐車場にレクサスを駐めた。車から降りると近くの駐車スペースに駐まっていたシルバーのセダンの運転席と助手席のドアが同時に開いて、二人のスーツ姿の男が降りてきた。

マンボウのようなツラをした四十代の男とキツネのようなツラをした四十代の男。警視庁組織犯罪対策第四課のマル暴コンビだ。

「おうおうおう矢能ちゃんよお、やらかしてくれたなあ」

マンボウ顔が言った。

「殺しとは穏《おだ》やかじゃねえなあ。探偵稼業に飽《あ》きたのか？」

キツネ顔が言った。

「寝ぼけてんのか？」

矢能は言った。この二人のデカは矢能がヤクザを辞めたことを信じておらず、菱口組を離れたのは偽装だと思い込んでいる。だから時折こうやって嫌がらせをしにやって来る。

「惚《とぼ》けんじゃねえよ。寺西殺したのはお前だってこたぁわかってんだよ」

マンボウ顔が言った。

「額《ひたい》に一発。いい腕してんじゃねえか」

キツネ顔が言った。

「あのな、俺がやったんなら死体《ホトケ》に名刺なんか持たしとくわけねえだろ？」

矢能の言葉にマル暴コンビが顔を見合わせて薄笑いを浮かべる。

「そこがお前の汚えところだ」

キツネ顔が言った。

「そんなことすりゃ俺たちが騙されるとでも思ったのかよ？」

マンボウ顔が言った。

「じゃあ動機は？」

矢能は言った。

「なんで俺が、その寺西とかいう野郎を殺さなきゃならねえんだ？」

「いまお前らの繋がりを調べてるよ。寺西の側からは捜査本部が、お前の側からは俺たちがな」

キツネ顔が言った。

「死体は、どこで見つかった？」

矢能は言った。

「おいおい、忘れたってのか？　お前が殺した場所だぞ？」

マンボウ顔が言った。ということは、東久留米の、あの潰れた民間車検場で発見されたということだ。死体が発見された場所が殺害現場かどうかは鑑識が調べればすぐにわかる。飛び散った血、脳漿、骨片。寺西の吸い殻もあるはずだ。だが、あそこのコンクリートの床に矢能のゲソ痕《こん》が残っているとは思えなかった。

「けどまぁ流石《さすが》は矢能ちゃんだ。褒《ほ》めといてやるぜ。見事に防犯カメラに捕捉されねえエリアを選んでる」

キツネ顔が言った。

「探偵のフリして、普段からそういう場所ばっか探し回ってんだろ？」

それは、サトウの能力の高さを物語っていた。

「俺が殺したんなら死体は出ない」

矢能はそう言った。

「普通ならそうだ。だが、そのときなんらかのアクシデントが発生した」

マンボウ顔が言った。

「たとえば、その場にはもう一人殺さなきゃならない相手がいた。そいつに逃げられた。慌ててそいつを追った。だから寺西の死体を片づけられなかった」

「俺は一課のデカから三日前のアリバイを訊かれたぞ。俺が死体を放ったらかしにして、三日間も逃げた野郎を追っかけ回してたって言ってんのか？」

矢能の言葉にマル暴コンビが沈黙した。

「俺ならまず死体を処理する。それから逃げた野郎を捜す」

「だろうな」

キツネ顔が言った。

「俺と話がしたけりゃ、もうちっとマシなネタを持ってこい」

矢能は二人のデカに背を向けて外階段に向かった。


「おかえりなさい」

矢能が事務所のドアを開けると、ソファーから起ち上がった栞が言った。

「ただいま」

矢能はミニキッチンに向かう栞とすれ違ってソファーの定位置に向かった。

「コーヒーは？」

「くれ」

ソファーに腰を下ろして煙草に火をつける。

「お仕事はどうでしたか？」

コーヒーメーカーに豆を入れながら栞が言った。矢能はため息をついた。

「面倒《めんど》くさい」

「あの、さっきまで美容室にいたんですけど……」

栞は毎日学校の帰りに近所の美容室に立ち寄り、客がいないときには美容室のおねえさんとのおしゃべりタイムを楽しんでいる。

母親も兄弟姉妹もいない栞は、いつも髪を切ってもらっている美容室のおねえさんを姉のように、あるいは母親に近い存在として慕《した》っていた。

「きょうは珍しく、遅い時間の予約が一つも入ってない、って……」

「そうか」

矢能もそのおねえさんに髪を切ってもらっていた。歳はそろそろ三十路《みそじ》に入るはずだが二十歳《はたち》を過ぎたばかりのように見える。特に美人というわけではないが笑顔がチャーミングで雰囲気が良く、とても腕のいい美容師だ。

「ごはんに誘ってもいいですか？」

マグカップにコーヒーを注《そそ》ぎながら栞が言った。

「ん？」

「日頃の感謝を込めて、ごちそうしてあげて下さい」

「迷惑なんじゃないか？」

「喜ぶと思います」

「…………」

栞が重そうにマグカップを運んでくる。

「ダメですか？」

「いや、ダメってことはないが……」

にっこりと笑った栞はマグカップをテーブルに置くと、

「では、ちょっと行ってきます」

と、小走りに事務所を飛び出していった。


「きょうは誘っていただいて、ありがとうございます」

いつものチャーミングな笑顔で美容室のおねえさんが言った。

矢能の事務所から歩いて一〇分ほどのところに最近できたというイタリアンの店だった。栞に言われるままに七時半に予約を入れ、栞と二人で五分前に到着した。

矢能が普段通ることのない中野の裏通りにその店はあった。小洒落《こじゃれ》てはいるが小洒落すぎてはいないカジュアルな雰囲気の店だ。おねえさんは時間ぴったりにやってきた。

「いや」

自分が誘ったわけではないので、矢能はなんと応えていいのかわからなかった。

「ここ、ウチのお客さんから、ラザニアがめちゃめちゃ美味しい、って勧《すす》められてて……」

おねえさんが言った。

「前から栞ちゃんと、行ってみたいねー、って話してたんです」

「それはよかった」

矢能は言った。おねえさんと並んで座っている栞は、とても嬉しそうにニコニコしていた。

メニューにざっと目を通して、当店自慢と謳《うた》っているミネストローネとラザニアを人数分と、牛のカルパッチョと小海老のアヒージョ、ラージサイズのサラダに、生ビールを二つとアップルタイザーを注文した。

飲み物が届くと三人で軽くグラスを合わせて乾杯し、鼻の下に白い泡をつけたおねえさんに栞がケラケラと笑い声を上げた。

「いまは、どんな調査をされてるんですか？」

泡をナプキンで拭っておねえさんが言った。

「人捜し」

矢能はそう言ってビールを呷《あお》った。

「どんな？」

「生まれたころからずっと会っていない父親の消息を知りたがっている女子大生がいる。その子から相談を受けてね」

嘘にならない範囲で省略して言った。

「わぁ、なんかドラマチックですね」

「そうかな？」

矢能には、それがいいドラマだとは思えなかった。

「十九年も娘を放ったらかしにしていた父親は、どうせロクな男じゃない。少なくとも娘の立場からすれば。……そんな父親を、なぜ捜そうとするのか、俺には理解できない」

「たぶん、ですけど、……その女の子はいま、幸せじゃないんだと思います」

　遠慮がちにおねえさんが言った。

「ん？」

「幸せな状況にいる人は変化を恐れます。幸せを壊すような出来事が起きてほしくないから」

「ああ」

「でも不幸せだと感じている人は変化に期待します。いままでとは違うなにかが、自分を救ってくれるような気がして、それに縋《すが》ってしまうんじゃないですかね」

「……」

「彼女にとっては、それが父親を捜すことだったんじゃないか、と……」

「彼女の父親は、すでに死亡していたことがわかった」

「だったら、心配ですね……」

「なにが？」

「彼女の心が、です」

「……」

「期待していたものに、最悪の形で裏切られた。そう思ってしまって、絶望的な気持ちになってしまうかも知れない」

たしかに、そうかも知れない。

「だが、それはカウンセラーや精神科医の領分だ」

「まずは、矢能さんが話を聞いてあげるのがいいんじゃないですか？」

「なぜ俺が？」

「大学生の子供がいたっておかしくはない年齢だし、強そうで、怖そうで、でも優しいじゃないですかぁ」

おねえさんが柔らかい笑みを浮かべた。

「そうでもない」

「彼女も、見つかった父親が、矢能さんみたいな人だったらいいな、って思っていたはずです」

「………」

そんなはずはない。矢能はそう思った。だが、ここでおねえさんに反論してみても意味がないのはわかっていた。

「なにも言わなくてもいいんです。ただ、彼女を十年後の栞ちゃんだと思って、栞ちゃんを救うつもりで話を聞いてあげて下さい」

それならできないわけがない。そう思った。

「そして、また話をしたくなったらいつでもおいで、って。……そう言ってくれる人がいるだけで、踏みとどまれる人もいるんです」

おねえさんはそう言って、急に照れたように笑った。

「ああ、そうだな」

矢能はそう言った。

「わたし、いま結構いいこと言いましたよね？」

そう言っておねえさんは、ケラケラと笑い声を上げた。

矢能は目の前のおねえさんを、素敵な女性だ、そう思って見つめていた。この人が、栞の母親だったらどんなに素晴らしいことだろう、初めてそう思った。

ラザニアは、思わず矢能が笑顔を見せてしまうほどに旨かった。舌を火傷《やけど》しそうなほどに熱いのに、それでもフォークが止まらなかった。

そんな矢能を見つめている栞は、なんだかとても幸せそうに見えた。

5

昼前に目を覚ますと、まずスマホでＧＰＳ追跡アプリをチェックした。ステーションワゴンは同じ場所から動いていなかった。

やはり田崎は別の車を使っているのかも知れない。だとすると、次三郎に払った百万は全くの無駄ガネだったということになる。

身繕《みづくろ》いを済ませると、とりあえずきょうどのように行動するかを考えた。そろそろ田崎が動き出しそうな気がする。田崎が正岡に対してなんらかのアプローチをしてくれれば、大垣から連絡があるはずだ。だが、ただそれを待っているつもりはなかった。

いまできることはなにか。田崎は正岡の組織が血眼《ちまなこ》になって自分を捜していることはわかっている。自宅や、ホテルなどには近づかないはずだ。だとしたら、どこに潜むのか。

矢能が、自分ならどこに潜伏するかを考えながら煙草を吸っていると、いきなりドアが開いて情報屋が入ってきた。

「ちょいと面白《おもしれ》えことがわかったぜ」

ソファーに腰を下ろすと情報屋が言った。

「なんだ？」

「正岡の嫁の志摩子《しまこ》の前の亭主ってのも、相当な悪党だった」

「誰だ？」

「武《む》藤《とう》埜《や》寿《す》光《みつ》」

「武藤埜寿光……。聞いたことがあるな」

「バブルのころの〈闇の紳士〉の一人だ。許永中《きょえいちゅう》ほど表に出てねえから一般的な知名度はさほどねえけど、かなりの大物だったことは間違いねえ」

「その、武藤埜寿光はいまどうしてる？」

「死んだよ。もう三十年も前のことだ」

「ほう」

「バブル崩壊後に、検察と警察が躍起になって武藤の悪事を立件しようとした。追い詰められた武藤は、ガソリン被《かぶ》って焼身自殺した。まだ五十前だった。……まぁ、繋がりのあった国吉会《くによしかい》に消されたってえ噂もあったが、実際のところは藪《やぶ》の中だ」

「…………」

「そんな武藤埜寿光の未亡人が次に結婚したのが呉道明《ウーダオミン》たぁ、よくよくその手の悪党と縁《えん》のある女だったんだな」

「呉道明《ウーダオミン》は、その正岡志摩子と結婚して日本国籍を取って、なんの商売を始めたんだ？」

「非合法な活動は確認されてねえな。いくつかの不動産会社を所有して、日本各地の土地を買い漁《あさ》ってる」

「なんのために？」

「中国の富裕層に売るためだ。中国の金持ちのあいだじゃ、ずっと前から日本の土地を取得するのがブームになってるが、中国人に土地を売りたがらねえ日本人も多いし、中国が日本の水資源を狙ってる、なんつう噂も飛《と》び交《か》ってっから、日本人として土地を買って中国人に売るってのはいい商売になるんだろうよ」

「ああ」

「そもそも中国の富裕層は自国の通貨の人民元《じんみんげん》も中国政府も信用してねえから、信頼できる日本の土地に変えることで資産の保全を図《はか》ってるってわけだ」

「なるほど」

「それにな、中国の戸籍は都市戸籍と農村戸籍に分かれてんだ。北京《ペキン》や上海《シャンハイ》の大都市に住んでるような大金持ちでも、農村戸籍の人間は差別を受けてる。まともな行政サービスも受けられねえし、息子をいい学校にも行かせられねえ。だから、日本の土地を買って移民する、なんて狙いもあるらしいな」

「そうか」

「だがな、呉道明《ウーダオミン》の本当の目的は、資金洗浄なんじゃねえかと俺は睨《にら》んでる」

「ん？」

「その中国人との土地取引で、実際よりもウンと儲《もう》かったように帳簿を操作して、溜め込んでる非合法の稼ぎを表で通用するカネに変えてんじゃねえか、ってことだ」

「ほう」

「死んだあとのことを考えてんじゃねえか？　裏ガネのまんまじゃ子や孫に残せねえからな」

「仮にそうだとして、そういうビジネスなら荒事《あらごと》専門の兵隊を飼っとく必要はないはずだ」

「ああ、裏の仕事を任せられる弁護士や会計士がいりゃあ充分だ」

「だが呉道明《ウーダオミン》は、正岡コーポレーションという荒事チームを抱えてる。……なぜだ？」

「さあ、身を守るためなんじゃねえか？　なにから身を守ってんのかは知らねえが……」

「………」

矢能は、足元に置きっぱなしの手提げ袋から百万の束を一つ取って情報屋の前に置いた。

「報酬だ」

「マジかよ……」

情報屋は、眼を丸くして札束を見つめていた。

「どういう風の吹き回しだ？」

「今回だけだ。いまはちょっとカネが余ってる」

「だったら気が変わらねえうちにありがたく頂戴しとくとして……」

情報屋が札束を矢能の前まで押し返した。

「この分は、俺の借金返済に充《あ》ててくれ」

「わかった」

矢能は札束を元の手提げ袋に戻した。

「残りはいくらだっけ？」

「百十八万」

「百万にまけろよ」

「断る」

「なんでだよッ、カネが余ってんだろッ？」

「それとこれとは別だ」

そのときドアが開いてランドセルを背負った栞が入ってきた。

「ただいまー」

きょうは月に二回ある土曜授業日だった。栞がこの時間に帰ってきたところを見ると、美容室のおねえさんは客の相手に忙しかったらしい。

「おかえりシオリーン」

情報屋と栞の「ご機嫌はいかがかな？」「普通です」のやり取りが済むと矢能は言った。

「おかえり栞。……どこか、行きたいところはないか？」

「フフッ、どうしたんですか？」

揶揄《からか》うように栞が言った。

「なにが？」

意味がわからなかった。

「わたしの機嫌を取ろうとしてません？」

「あ？　なぜそんなことをする必要がある？」

少しムッとした声が出てしまった。

「ゆうべおねえさんと話をして、もっといい父親になろう、なんて思ってませんか？」

「………」

そんなことは思っていなかった。だが、なぜか図星《ずぼし》を指《さ》されたような気分になった。

「いまでも、いい父親ですよ」

栞がニッコリ笑った。その笑顔が矢能のハートを撃ち抜いた。矢能は、それが顔に出ていないことを願った。

「なんだよ？　ゆうべなんかあったのか？」

情報屋が言った。

「メシを喰いに行くぞ」

矢能はそう言った。

向かいの中華屋で三人での食事を済ませると、情報屋と別れて事務所に戻った。栞のコーヒーを飲み煙草を吸いながら、また考えていた。

俺が田崎の立場なら、どこに潜むのか。その答はすぐに出た。村井の部屋だ。田崎が村井を殺しているのなら、田崎は村井のマンションの鍵も村井のヴェルファイアの鍵も持っている。村井の部屋に潜んでいれば正岡の組織に発見されることはない。そう考えるのではないか。そして、組織がメルセデスのステーションワゴンを探し回っているならヴェルファイアを使えばいい。最もシンプルで、合理的な考えに思えた。

だとすれば、これから田崎はどう動くのか。その答もすぐに出た。矢能はスマホを取り出して電話をかけた。

「はい」

紗耶香はすぐに電話に出た。

「矢能だ。いま、どこにいる？」

「あ、吉祥寺のサンロードですけど」

「一人か？」

「いえ、友だちと……」

「このあとの予定は？」

「あとはもう、部屋に帰るだけです」

「いまから迎えに行く。一人になるな。なるべく人が多い場所にいてくれ」

「え？　なにかあったんですか？」

「なにもない。だから、この先もなにもないようにしておきたい」

「……わかりました。お待ちしています」

緊張感をはらんだ声だった。矢能は電話を切ると栞に言った。

「あすは日曜だ。今夜は六番町に泊めてもらえ」

四《よ》ツ谷《や》駅からすぐの、千代田区六番町《ろくばんちょう》の裏通りにある古びた一軒家に八十近い婆さんが独りで住んでいる。その婆さんとは、九年ほど前にちょっとした事件絡みで知り合っていた。

当時ヤクザだった矢能は、婆さんとその家をなにかと利用させてもらうようになり、いつしか婆さんとは親戚づきあいのような関係になった。栞を孫のように愛し、いつでも栞が訪ねてくれることを望んでいる婆さんだ。

「それは嬉しいですけど……」

「こないだ来た、正岡紗耶香というおねえさんも一緒だ」

「はい」

栞は、その理由を訊ねなかった。

「彼女は婆さんとは初対面だ。お前が面倒見てやれ」

「わかりました。では、お泊まりの用意をしてきます」

栞が事務所を出ていくと、矢能は六番町の婆さんに電話をかけた。婆さんが電話に出るまでに少し時間がかかった。

「はい、もしもし……」

「俺だ、矢能だ」

「ああ……」

いつもは矢能からの電話に弾《はず》んだ声を出す婆さんに、元気がなかった。

「きょうは土曜だから、栞を行かせようかと思って電話したんだが……」

「……シオちゃんが来てくれるのはとっても嬉しいんだけどさ、あたしゃきょうはちょっと腰の具合が悪くってねえ、なんのおもてなしもできやしないんだよ」

「医者には見せたのか？」

「いやいや大したことないんだよ、いつものことだから。寝てりゃ治るよ」

「だったら栞と一緒に俺の姪《めい》っ子を行かせる。大学生だ。なんでも用事を言いつけてくれ」

「そんな、人様《ひとさま》に迷惑をかけるわけには……」

「いつもこっちが世話になってるんだ。具合の悪いときぐらい甘えてくれ」

「…………」

「どうした？」

「ほ、本当《ほんと》にお前《まい》さんは、優しいお人だねえ……」

涙声になって婆さんが言った。矢能は、ちょっと悪いことをしたような気がした。

6

吉祥寺の街で紗耶香をピックアップして、紗耶香のマンションに寄って泊まりの用意をさせてからレクサスで六番町に向かった。

「お婆ちゃんちに行く前に、スーパーで買い物をしておきます」

栞がそう言ったので、婆さんの家の最寄《もよ》りのスーパーの前で栞と紗耶香を降ろした。

「じゃあ、このおねえさんと婆さんのことを頼んだぞ」

栞に言った。

「はい。任せて下さい」

栞が得意げな笑みを浮かべて言った。紗耶香は黙って矢能に頭を下げた。矢能は頷きを返して車をスタートさせた。

事務所に戻る前に西荻の村井のマンションに行って、駐車場のヴェルファイアがいまもそこにあるのかどうかを確認しておこうと思った。

靖国《やすくに》通りを走り、新宿《しんじゅく》の大ガードを過ぎた辺りでスマホが鳴り出す。画面を見ると、登録していない番号からだった。

「はい」

「大垣だ。いますぐ池袋《いけぶくろ》まで来てくれ」

「なんだ？」

「田崎からメールが届いた。カネを要求してる」

「すぐに行く」

「俺の名刺に書いてある住所だ。地下に駐車場がある」

「わかった」

電話を切り、次の信号で左折する。そのあとは右折を三度繰り返し、新宿警察署前で青梅街道に戻った。信号待ちで停車すると、スマホを出して電話をかける。

「篠木っす」

「俺だ、矢能だ」

「あ、はい、なにか？」

「いますぐ西荻に行け。こないだ俺がドラレコのデータを取ってきたマンションの駐車場に、黒のヴェルファイアが駐まってるかどうか確認して電話しろ」

「あの、……いますぐ、ですよね？」

「嫌なのか？」

「いえ、やらせていただきます」

「頼んだぞ」

電話を切った。青梅街道から靖国通りへと大ガードを潜《くぐ》り、しばらく直進すると新宿五丁目で左折して明治《めいじ》通りに入った。

またスマホが鳴り出した。また登録していない番号からだった。

「はい」

「あの、昨日お目にかかった正岡志穂です」

「ああ、どうしました？」

「お仕事は順調？」

「まあ、少しずつ前に進んでいます」

「ゆうべ紗耶香と電話で話しました。あなたのことを、とても頼りにしているみたい」

「もしそうだとするなら、それは、彼女の心が傷ついているからだ」

「ええ。……それで、あなたにお願いがあるんですけど」

「なんです？」

「あなたの調査が終わったら、紗耶香に伝える前にわたしに教えていただけないかしら？」

「彼女に伝えるべきことと伝えるべきでないことを、事前にチェックしたいということか？」

「チェックというより、ご相談させてもらえないか、と……」

「わかった。連絡しますよ」

「お願いします」

それで電話が切れた。


その建物は池袋駅の西口側の裏通りにあった。七階建ての目立たないビルだ。地下へと通じるスロープを下り、空いているスペースにレクサスを駐めた。

エレベーターの前にはスーツ姿の男が立っていた。三十代半ばのガタイのいい男だ。肩の筋肉が盛り上がっているのと背中の筋肉が発達しすぎているせいで、少し猫背のように見える。

「矢能さんですね？　ボディチェックをよろしいですか？」

矢能は返事の代わりに両肘《ひじ》を肩の高さまで上げた。猫背の男は矢能の脇の下、腰回りを両手で叩き、屈《かが》み込んで足首を叩いた。

こいつは無防備な奴だ。そう思った。いま、こいつの頭を摑んで膝《ひざ》を顔面に叩き込めば、それで終わりだ。ボディチェックをしなければならない相手に対する警戒心がまるでない。

「結構です」

猫背は起ち上がるとエレベーターのボタンを押した。すぐにドアが開いた。矢能に続いて乗り込んだ猫背が五階のボタンを押す。脇の壁の標示板を見ると、三階から五階までを占めているのは〈映像制作　株式会社スプラッシュ〉となっている。これがＡＶプロダクションなのだろう。

五階でエレベーターを降りると、短い廊下の先になにも書かれていないドアがあった。猫背がドアを開け、矢能を通した。

中は小さな会社の会議室のような設《しつら》えで、中央に大きな楕円形のテーブルがあり、その奥には車椅子の正岡が、正岡の左側には大垣が座っている。

背後でドアが閉まり、ロックされた音がした。振り返ると、猫背がステンレスのリボルバーを矢能に向けて立っていた。

「こういうことか……」

大垣に向かって言った。

「座れ」

険しい眼をした正岡が言った。矢能は正岡の正面の椅子に腰を下ろした。

「田崎からのメール、ってのが嘘なのはわかってる」

また大垣に言った。

「あ？　なぜ嘘だとわかる？」

大垣が訝《いぶか》しげな声を出した。

「フッ、教えてやる義理はねえな」

矢能は煙草をくわえて火をつけた。

「俺は、なぜあんたがそんな嘘をつくのかを確かめに来たんだ」

「………」

「きのう、志穂に会ったそうだな？」

正岡が言った。

「それがなにか問題でも？」

「身内を嗅《か》ぎ回られるのは気に喰わん」

「俺は、お孫さんの頼みで動いているだけだ」

「紗耶香は依頼をキャンセルした」

「あんたからキャンセルしろと言われたことは聞いた。だが彼女は、どうしたらいいのかわからない、と言っていた。だから俺は続けてる」

灰皿がないので、床に灰を落とした。

「後悔することになる、と言っておいたはずだ」

正岡が冷たい眼で言った。

「この状況のことを言ってんのか？」

矢能は笑みを浮かべた。

「俺をビビらせたいのか殺したいのかはわからんが、こういう真似はしないほうがいい。あんたのほうこそ後悔することになる」

「どういう意味だ？」

「俺も、一度はあんたに傭われた身だ。多額の報酬ももらった。俺にもそれなりの職業倫理ってもんがある。俺があんたのなにを知ったとしても、それを他人に漏らしたりはしない」

「だからなんだ？」

「だがあんたが俺を敵として扱うなら、俺も、あんたを敵と見做《みな》すぞ」

「お前になにができる？」

「俺は、あんたを破滅させることだってできる」

「フッ……」

正岡が鼻を鳴らした。

「ここから生きて帰れればの話だ」

「俺は、あんたのお孫さんの唯一の味方だ」

「あ？」

「俺が消えたら、お孫さんはどう思うかな？」

「………」

「あんたへの不信感は決定的なものになる。二度と、あんたに笑顔を見せることはないだろう」

「だから、自分が殺されることはない、と高《たか》を括《くく》ってるのか？」

正岡の眼は昏《くら》かった。

「いや、どのみち俺は殺されない」

矢能は短くなった煙草を床に落として靴で踏み消す。

「こんな狭いとこでバカが銃をぶっ放すと、思わぬ大惨事が起きるぞ」

振り返って猫背に笑みを向けた。猫背は、指示を求めるように正岡に眼を向ける。

銃を持たされた下《した》っ端《ぱ》は、自分の判断で撃つことができない。撃つべきではないときに撃ってしまうことを恐れている。それは、怯《おび》えを意味するからだ。

矢能を殺したいのなら、地下の駐車場で殺せばいい。殺したいのではなく、従わせようとしている。そのために銃を向けているだけだ。

こういう連中は、銃を向ければ相手は観念する、という前提に立っている。ほとんどの場合はそうなる。だから、そうでないレアケースを想定していない。銃を向けられても従わない相手にどう対応すればいいのかは誰にもわからない。レアなケースにパターンなどないからだ。

そして、銃を持っている側は自分の命が懸かっているとは思っていない。だが銃を向けられている側は死にもの狂いになる。なにが起きてもおかしくはなかった。

下っ端が自分の判断で撃つのは、自分の身か、雇い主の身に危険が迫ったときだ。だが大抵の場合、そのときには手遅れになっている。それを矢能は経験で知っていた。

「なるほどな」

正岡が言った。

「お前は、相当な場数を踏んでいるらしい」

「そのせいで、人生の三分の一を無駄にした」

矢能はそう言った。

「お前は、どうしたいんだ？」

「お孫さんの依頼を最後までやる」

「村井という元デカの件か？」

「そうだ」

「その男は、田崎に殺されてるんじゃないのか？」

「田崎を捕まえてはっきりさせる」

「それだけか？」

「他にも、田崎に確かめたいことがある」

「寺西の死体の件か？」

「ああ」

「会長」

大垣が言った。

「この男の目的は我々と一致しています。働かせたほうがいいんじゃないですか？」

「私に従わない男を野放しにしておくのは気に喰わん」

正岡が言った。

「俺だって、チャカ向けられてんのは気に喰わねえが、我慢してやってんだぞ」

矢能が言ったとき、誰かのスマホの着信音が鳴った。矢能のスマホではなかった。

「田崎からのメールです」

スマホを取り出した大垣が言った。ロックを解除してアプリを開いている。

「なんと言ってきた？」

そう言った正岡に、大垣がスマホを見せる。正岡は黙って画面を見つめていた。

「秘密をバラされたくなければカネを寄越せ、そう言ってきたのか？」

矢能は言った。

「ああ、お前が言っていた通りになった」

大垣は、感嘆の眼で矢能を見ていた。

「どうする？　カネをくれてやるのか？」

矢能の問いに、大垣が残忍な笑みを見せた。

「カネを渡すフリをして殺す」

「じゃあ、一つ教えといてやろうか？」

「あ？」

「そのメールを送ってきたのは、田崎じゃない」

矢能はそう言った。

第四章

暗闘

BLACK GUARD
—— Chapter 4 ——

1

「田崎じゃない？」

怪訝な顔で大垣が言った。

「どういうことだ？　田崎のスマホからのメールだぞ」

「この先も教えてほしいのか？」

矢能は言った。

「俺に銃を向けたままで？」

「…………」

大垣は、救いを求めるかのように正岡に視線を向けた。

「会長……」

「銃を仕舞え」

正岡が言った。猫背はホッとした様子でリボルバーをズボンの背中側に挿した。

「コーヒーぐらい出ねえのか？」

矢能は言った。大垣が顎《あご》を抉《しゃく》ると、猫背は無言でロックを解除したドアから出ていった。

「さあ聞かせてもらおうか」

大垣が言った。

「なんでこのメールが田崎からじゃないんだ？」

「あんたが田崎の立場ならどうする？」

矢能は言った。

「こんなやり方でカネが手に入ると思うか？」

「…………」

「田崎は自分がいた組織がどういうものかはわかってる。カネを受け取りにのこのこ出てくれば殺されることもな」

「ああ」

「じゃあ、あんたらがカネを寄越さないからといって、サツにタレ込むと思うか？　寺西殺しの捜査が始まってるってのに、その実行犯の田崎がそんなことをするわけがない」

「ああ」

「だったらマスコミに売るか？　そんなことをしてもなんの得にもならない」

「では、どうすると言うんだ？」

正岡が言った。

「あんたの孫を攫《さら》う」

矢能の言葉に正岡が息を飲んだ。

「孫を攫えばあんたが言いなりに大金を吐き出すことを、寺西の件で田崎も学んでる。孫を人質に取られていればあんたらも迂闊《うかつ》な真似はできない。カネを払うしかなくなる」

「………」

「無事にカネを手に入れたら人質を解放して姿を消す。俺を追うな。懸賞金もかけるな。そうでないと、あんたの秘密を孫が知ることになるぞ。そう言い残してな」

慌てて正岡が自分のスマホを取り出した。孫の安否《あんぴ》を確かめるつもりだろう。

「紗耶香さんは無事だ」

矢能は言った。

「俺が安全な場所に移した」

「………」

正岡は眼を閉じ、安堵のため息を漏らした。

「よし、田崎ならこんなやり方はしない、それはわかった」

大垣が言った。

「じゃあ、このメールを送ってきたのは誰なんだ？」

「村井だ。それしかない」

矢能は言った。

「え？」

大垣が息を飲む。

「しかし……」

「俺はずっと、村井は田崎に殺されたと思っていた。だが、逆だった」

「逆？」

「村井が田崎を殺した。いまはそう思ってる」

「………」

大垣は、信じられない、という眼で矢能を見ていた。

「メールで、いくら要求してきた？」

「いや、金額はまだだ」

「じゃあ、いくら払えばいいんだ、と返信しろ」

大垣は、許可を求めるように正岡に顔を向けた。正岡が頷きを返す。大垣はスマホに短い文章を打ち込んで送信した。

「これでなにがわかるんだ？」

「さあ、相手の欲深さ次第だな」

矢能は言った。待つほどもなく、大垣のスマホから着信音が鳴った。

「現金で二億。あすの正午までに用意しろ。また連絡する」

大垣がメールを読み上げた。

「わかりやすい結果だったな」

矢能は言った。

「これが村井の要求なら、妥《だ》当《とう》な金額だ、と言っていいだろう。だが、もし田崎だったらこんな金額のはずがない」

正岡も大垣も沈黙したままだった。

「田崎が二億で満足できるのなら、寺西の件でサトウに二億を届けるときに、そのまま持ち逃げすればよかった。なんのリスクもなく確実にカネを手にできていた」

「そうだな……」

正岡が言った。

「あんたの秘密は、追っかけ回されないための保険にする。それが賢いやり方だ」

矢能は言った。

「お前は先ほどからやたらと、秘密、という言葉を口にするが、それがなにを指しているのかをわかっているつもりなのか？」

正岡の眼が再び険しさを帯びた。

「いや……」

矢能は煙草をくわえて火をつけた。真っ直ぐに正岡を見ていた。

「俺は、あんたの秘密になんぞ、なんの興味もないんでね」

「………」

疑いの眼で矢能を見ていた正岡が、さらになにか言おうとしたときドアが開いた。ドトールの紙袋を提げた猫背が入ってくる。テーブルの上にテイクアウト用の蓋《ふた》つきのカップを三つ置くと大垣に眼を向けた。

「隣の部屋で待機してろ」

そう言われた猫背は、無言のまま正岡に一礼して部屋を出ていった。矢能はコーヒーを一つ手に取り、外した蓋を引っくり返してテーブルに置く。その蓋に煙草の灰を落とした。いつまでも床に灰を撒《ま》き散らすのは大人げないような気がしたからだ。

正岡も大垣も、コーヒーの存在を無視していた。

「本当に村井なのか？」

大垣が言った。

「お前に聞いた話によると、村井が姿を消してからもう十日も経ってる。田崎と連絡が取れなくなったのは二日前だぞ」

「ああ、それが俺の判断を狂わせた」

矢能は熱いコーヒーを啜《すす》ってから言った。

「田崎はしばらく村井を監禁してたのかも知れん。村井がしゃべったことの裏を取ろうとしてたのか、手を組んで大金を手に入れよう、という誘いに心を動かされていたのか……」

「だが、隙《すき》を見て村井が逃げた。そういうことか？」

大垣が言った。

「ああ、自宅の鍵も、車の鍵も、携帯も奪われている村井は、消えた人間になった」

「なぜ田崎はその段階で俺に報告しない？」

「己《おのれ》の失態を知られたくはなかったのか、あるいは本気で組織を裏切ることを考えていたのか、いずれにせよ村井を見つけて殺すことが先決だ。そう考えたんだろう」

「………」

「だが村井は、逃げてるわけでも隠れているわけでもなかった。田崎を狙っていた。そして田崎を殺して、田崎の自宅の鍵も、車の鍵も、携帯も奪った」

「そういうことか……」

「いまのところ、俺の推測でしかないがな」

「お前は、この先どうするつもりだ？」

正岡が言った。

「そうだな、田崎の死体を見つけるか、村井を見つけるか……」

矢能は平然と言った。

「見つけられるのか？」

疑いの眼を向けてくる正岡に笑みを返す。

「俺は、かなり腕のいい探偵なんでね」

「ならば、私のために働け」

正岡が、矢能を見据えて言った。

「村井を捕まえろ。カネはいくらでも払ってやる」

「断る」

矢能は言った。

「俺はあんたのためには働かない」

「なぜだ？　紗耶香からはカネを取ってないんだろう？」

「ああ」

「だったら同じことをやって、私からカネを受け取ればいい」

「俺は、あんたらが村井を殺す手助けはしない」

「…………」

「俺には俺なりの、職業倫理ってもんがあってね」

そのとき矢能のスマホが鳴り出した。篠木からだった。

「遅いぞ」

「えー⁉　俺大宮《おおみや》にいたんスよ。これでもかなり早いほうだと思いますけど」

「で？」

「いません。黒のヴェルファイアなんて一台も駐まってません」

「そうか。じゃあそのまま見張ってろ」

「え？　ま、マジすか？」

「車が戻ってきたら連絡しろ」

「……かしこまりました」

電話を切ると、飲みかけのコーヒーに煙草を放り込んで起ち上がる。

「では、俺はこれで失礼する」

正岡に向かって言った。

そろそろステーションワゴンを見に行く頃合いだ。そう思っていた。

2

「俺は人質を迎えに行く」

矢能が言った。

「商品はお前が運べ」

田崎は首を横に振った。

「あ？」

険しい眼を向けてくる矢能に構わず、ズボンの後ろからリボルバーを抜き出す。

「おい！」

矢能の声と銃声が重なった。額を撃ち抜かれた寺西の後頭部が弾《はじ》け飛び、鮮血が飛び散る。腰から崩れ落ちた寺西の体が横様《よこざま》にパワーリフトに倒れ込んだ。

死体を見下ろしていた矢能が、やがて田崎に眼を向ける。

「正岡の指示か？」

田崎はリボルバーをズボンの後ろに挿すと、

「あんたには関係ない」

矢能のほうを見ずにそう言った。もう矢能などどうでもよかった。

ステーションワゴンの背後に廻り込むと、二つのダンボール箱がなくなった荷台の床板を引き上げる。荷台の床下には、深さが三十センチほどもある広い収納スペースがある。そこから折り畳んだ死体袋《ボディバッグ》を一枚取り出した。その横を、矢能が乗り込んだサトウのクラウンがバックで走り出し、そのまま建物から出ていった。

田崎は死体の脇にボディバッグを拡げた。厚手のＰＶＣ素材で作られたこのボディバッグは、世界中の軍隊や警察で使用されているものと同様のタイプで、日本でも遺体収納袋や納体袋などの名称で販売されている。

血で自分の手や服を汚さないように気をつけて死体を袋に納めると、肩に担《かつ》いでステーションワゴンの荷台に運ぶ。床に下ろすときに死体の頭をテールライトにぶつけて大きな音を立てたが死人は文句を言わなかった。リアゲートを閉じて運転席に乗り込み、車をスタートさせた。

むざむざ二億もの現金をサトウに渡すのはもったいない。その思いはずっとあった。どうにかして奪えないものか、その検討もしてみたが、その先の展開を考えればそれが得策でないことはあきらかだった。

それに、田崎には現在進行中のもっとずっといいプランがあった。組織を裏切ったことが発覚することなく、後に命を狙われることもないやり方で正岡会長のカネを奪う計画だ。

五億か、いや、十億ぐらいはイケんじゃねえか。田崎の口元に笑みが拡がった。スマホを取り出して大垣に電話をかける。

「終了しました。いま死体を載せて千葉に向かっています」

「紗耶香さんは？」

「矢能が引き取りに向かいました」

「わかった」

電話が切れた。

環八から首都高速4号新宿線に乗り、中央環状線、湾岸線、東京湾アクアラインを経て千葉県に入った。館山《たてやま》自動車道を君津《きみつ》で降りて、そこからはずっと山道を走る。

目的地に着いたのは、出発してから二時間ほどが経過したころだった。その場所は大規模介護老人ホーム建設の名目で正岡会長が持つ不動産会社の一つが取得した土地だが、プレハブの資材置き場が建てられた以外は原生林のままで放置されていた。

ここの資材置き場には一般にミニユンボと呼ばれる小型の油圧ショベルが常時置かれている。田崎ら正岡コーポレーションのメンバーが死体を処理するときは、ここで地面に深さ数メートルの穴を掘り、ボディバッグを投げ入れて埋め戻す。それだけでよかった。

鍵束につけている鍵の一つでロックを解除しシャッターを引き上げると、車に戻ってプレハブ小屋にステーションワゴンを乗り入れる。ミニユンボの隣に車を駐めて、リアゲートからボディバッグを地面に降ろした。

死体を埋める前に小便をしておこうと奥の事務所スペースまで歩いてドアを開けたとき、呼吸が止まった。急激に心拍数が上がるのがわかった。

村井が消えている。

なぜだ!?　あり得ないだろッ！

村井の右の足首には、警察が採用するレベルの頑丈《がんじょう》な手錠が嵌《はま》っていて、もう片方の輪っかは太い鉄の鎖《くさり》で建物の構造柱と繋がっている。足首から切断するか、プレハブ小屋をぶっ潰しでもしないかぎり逃げることは不可能なはずだ。

田崎はリボルバーを抜いて室内に踏み込んだ。その途端に頭頂に激烈な打撃を喰らった。膝が崩れながらも銃を向けようと持ち上げた右腕に重い鎖が振り下ろされる。

痛みが脳天を突き抜けた。銃を落とした。腕の骨が折れたと思った。銃を拾おうと低い体勢で村井が突っ込んでくる。その顔面にカウンターで膝を叩き込んだ。充分な衝撃を感じた。村井が仰向けに倒れた。

田崎は素早くリボルバーを摑んだ。その瞬間激痛が走った。やはり右腕が折れている。左手に持ち替えて銃を向けたとき、起き上がった村井がソファーを跳び越えた。田崎が引き金を引いたときにはその姿はドアの外に消えていた。

慌ててあとを追う。左眼が痛い。頭から流れ出た血で左眼が開けられない。右眼だけを頼りに村井の姿を探す。いた。開いたままのシャッターを目指して走る後ろ姿が見える。

リボルバーの銃口を向けて引き金を引く。離れた地面から土埃《つちぼこり》が舞った。当然だった。左手で銃を撃つのはきょうが初めてだ。村井がシャッターを潜《くぐ》り、外の明るい光の中に消えた。

あとを追って走った。小屋を走り出たとき村井が原生林に駆け込むのが見えた。銃を向けたが撃たなかった。無駄なことはわかっていた。さらにあとを追って原生林に踏み込む。

樹木の枝の揺れで、村井が逃げている方向は摑めるのだが、ロクにその姿は見えない。とても追いついて殺せる気がしなかった。田崎は追跡を諦めた。

折れた右腕が疼《うず》いていた。頭の傷は拍動《はくどう》とともに強い痛みを響かせる。左眼は見えない。ヘタに追跡を続けて、どこかで待ち伏せをされればどんな逆襲を喰らうかわからなかった。そして、そうなったときには田崎が殺されることになる。

小屋に戻って顔を洗い、ティッシュで髪の毛の血を拭った。尿意は消えていた。ステーションワゴンに乗り込み、右腕の痛みを堪《こら》えて山道を下った。とりあえず病院を目指すしかなかった。

右の前腕をギプスで固められ、頭の傷は医療用ホッチキスで四針縫《ぬ》われて病院を出た。鎮痛剤のお蔭で痛みは随分マシになっている。

医者には、資材置き場の整理をしていたら棚の備品が崩れて上から降ってきた、そう説明しておいた。医者は不審には思わなかったらしく、ツイてないですね、と言った。その通りだった。

まずはプレハブ小屋に戻るしかなかった。シャッターを開けたままにしてきているし、死体の処理も済ませておかねばならない。

再びミニユンボの隣にステーションワゴンを駐め、万が一村井が待ち伏せしている場合に備えてリボルバーを抜き出した。ギプスのお蔭で右手で銃を撃つことはできそうだ。発砲したときの衝撃がどのくらい骨折箇所に影響を与えるものかはわからないが。

運転席を降りて周囲を警戒する。村井が潜《ひそ》んでいる気配は感じられなかった。そのとき、また呼吸が止まった。

ボディバッグが消えている。

なぜだ⁉　村井が運び去ったとでもいうのか⁉

なぜそんなことをする必要がある？　車もなしで逃げている村井に、死体を持ち去ることなどできるわけがない。

仲間がいるのか？　だが、この場所がわかるわけがない。じゃあ、なんだ⁉　田崎にはなにもわからなかった。

とにかく走った。事務所スペースに駆け込む。銃を向け、ソファーを蹴り倒し、トイレのドアを開ける。誰も隠れてはいなかった。走ってステーションワゴンに戻ると車をスタートさせた。

猛烈な勢いで山道を駆け下る。それが誰であるにせよ、死体を奪った奴が車で運んでいるのは間違いない。まだそう遠くへは行ってないはずだ。おそらく東京に向かっている。とにかく追いついて取り返さなければならない。それしか考えられなくなっていた。

山道を走っているあいだは一台の車も発見することはできなかった。県道に出てからも、前を走る車はどれも千葉ナンバーや習志野ナンバーや袖ヶ浦ナンバーばかりだ。

東京のナンバープレートをつけた車を見つけたら、強引に前に割り込んで停車させ、銃を突きつけてトランクを開けさせる。そう考えていた。そこに死体があれば解決だ。ドライバーの腹に一発撃ち込んでステーションワゴンに乗せ、ボディバッグを回収する。それでいい。

だが死体がなかったら？　放置すれば警察に通報される。そいつを殺して死体をステーションワゴンに載せ、また次の車を停めるのか？　いったい何人殺せば正解に辿《たど》り着くというのか？

そもそも東京に向かうにしても、どのルートを選んでいるのかもわからない。アクアラインを使わず、京葉《けいよう》道路や東関東自動車道を使うのかも知れなかった。館山自動車道に入ったころには心が萎《な》えていた。俺はなにをやってるんだ？　田崎は深いため息をついた。

村井を自宅マンションの駐車場で拉致《らち》して、千葉の山の中に運んだ。殺したあとの処理が楽だからだ。組織の周辺を嗅ぎ回る元刑事。それだけで殺す理由は充分だった。

だが村井は、興味深いことをしゃべり出した。二人で手を組んで、正岡から大金をせしめようと持ちかけてきたのだ。正岡道明の過去の秘密をネタに強請《ゆす》る計画だった。

たしかに衝撃的な内容だった。これなら会長もカネを出すに違いない。そう思った。

「五億奪う。そっちが三で俺は二でいい」

村井が言った。

「そのネタを、否定させないだけの証拠はあるのか？」

田崎の問いに、村井は薄笑いを浮かべた。

「当然だ。複数の警察の友人からデータをもらう手はずになってる。そいつらは何も知らない。だがそれぞれのデータを突き合わせれば、動かぬ証拠になるんだ」

「いつ手に入る？」

「さあな。……言っとくが、俺を殺せば証拠は手に入らないぜ」

田崎は村井と組む気などなかった。こんな奴が信用できるわけがなかった。だが殺すのは証拠が揃ってからでも遅くはない。そう思った。

村井は、捕まっている立場であるにも拘わらず、自分がリーダーであるかのような態度を崩さなかった。その性根を叩き直してやらなければならない。命さえ助けてもらえるのなら、田崎の靴も喜んで舐《な》める。そんな心持ちに変えておく必要があった。だから監禁することにした。

餓死しないぎりぎりの喰いものと水しか与えなかった。そうして何日も放置した。様子を確認に行く度《たび》に村井が弱っていっているのがわかる。そろそろアメを与える頃合いだろうか。

かつて一時期、とある自己啓発セミナーのスタッフとして働いていたときに、人がいとも簡単に洗脳されていく様《さま》を見たことがあった。

過酷な状況に追い込んで、精神的にも肉体的にも追い詰めて、そこでささやかな優しさを与える。追い詰められた人間は、そのちょっとした優しさに縋《すが》るようになる。過酷な状況に戻ることを死ぬほど恐れるようになる。人はそういう生き物だ。

だが、きょうで状況が変わった。会長の孫娘が攫われた。

会長は、即座に二億円を支払う決定を下した。警察に届けることもなかった。懸賞金をかけられた寺西の件が絡《から》んでいるからだ。これだ。これしかない。そう思った。

孫を攫って大金を要求する。会長の過去の秘密を持ち出せば警察に届けるはずがない。警察が絡まない誘拐なんて楽勝だ。確実に億単位のカネを手に入れられる。村井を犯人に仕立て上げ、殺して埋める。組織は村井を追うが、永久に見つかることはない。田崎は大金持ちになっても、熱《ほとぼ》りが冷めるまではいままで通り会長から給料をもらう生活を続ける。めでたし、めでたし。

それなのに村井に逃げられてしまった。村井がなんらかの行動を起こす前に見つけ出し、殺すしかなかった。だが、どうやって？

深夜になって村井のマンションに潜入した。村井を追う手がかりを探した。年賀状の束を発見した。親族や、親しい友人らしき人物の住所を手に入れたものの、動きようがなかった。村井が頼る相手は現職の警察官かも知れない。迂《う》闊《かつ》に近づくわけにもいかなかった。

そのまま村井の部屋に居座ることにした。村井は自宅の鍵も車の鍵も財布もスマホも奪われている。現金もクレジットカードも持っていない。なんとかして自宅に戻り、通帳と印鑑で現金を引き出そうとするのではないか。その可能性は充分にある。そう思った。

自宅が見張られていることは警戒しているはずだ。だが、田崎独りで二十四時間見張ることはできない。そう考えるのではないか。管理人に鍵を開けてもらうか、鍵の業者を呼ぶかして部屋に入ろうとするはずだ。それをひたすら待ち続けるしかなかった。

冷蔵庫の中のものや買い置きのカップ麺などで飢えを凌《しの》いだ。丸二日近く粘《ねば》ってはみたが村井は戻ってこなかった。もう限界だ。一旦仕切り直すことにしてその部屋を出た。

近くの駐車場に駐めていたステーションワゴンに戻る。車のドアを開けようとしたとき田崎のスマホが鳴り出した。登録していない番号からだったが、田崎はその番号に見覚えがあった。

「はい……」

「俺だ。矢能だ」

いまさらなんの用がある？　そう思った。

「村井という男を知ってるな？」

「あ？」

恐怖が田崎を貫《つらぬ》いた。なぜだ⁉　なぜ矢能が、村井を知ってるんだ⁉

「会って話がしたい。いまどこにいる？」

「あんたに話すことはなにもない」

言い捨てて電話を切る。そのとき視界の隅に、なにかが動いたのを感じた。

3

その男が現れたときは、まだ状況がわかっていなかった。銃を向けられ、ステーションワゴンに乗せられたときも、それほど深刻な事態だとは思わなかった。俺は、まだなにもしていない。村井はそう思っていた。

房総半島の海を見下ろす丘の上に建つ、二十四時間看護師が常駐しているという高級リゾートマンションに正岡道明は住んでいた。現在の正岡の写真を撮りたかった。できることなら正岡の指紋も手に入れたい。そう思っていた。

だが、なにもできずに千葉から引き上げてきて、自宅マンションの駐車場で車を降りたときに田崎が現れた。考えが甘かったことを思い知らされたのは、山の中のプレハブ小屋に監禁されたあとだった。右の足首に手錠を嵌《は》められ、太い鎖でゴツい金属の柱に繋げられた。

かなりの長さがある鎖なので、ソファーに座っていることも、ソファーで寝ることもできる。トイレにも行けた。両手は拘束されていないのでトイレの使用に問題はなかった。だが、できることはそれだけだった。

田崎は一本のエネルギーバーと五〇〇mlのペットボトルの水だけを置いて出ていくと、何日も戻ってこなかった。

田崎は俺を殺すつもりだ。そう確信した。小屋に連れ込まれる際にユンボが駐まっているのを目にしていた。殺されて埋められる。それ以外の未来があるとは思えなかった。体力が失われる前に逃げ出さなければならない。だが、方法がなかった。

手錠は頑丈でとても壊せそうにない。手錠の鍵を外そうにもなにも道具がない。鎖が届く範囲の床を全て手でなぞってみたが、埃《ほこり》と綿《わた》ゴミ以外はなに一つ落ちていなかった。部屋の中にあるスチールロッカーや事務机、簡易キッチンからはなにか見つかるかも知れないが、鎖はそこまでは届かない。ソファーの座面と背もたれの隙間も丹念に探ったが、やはりなにもなかった。

関節を外して手錠から足を抜くことも考えてみたが、すぐに諦めた。手首に嵌められた手錠であれば、親指の関節を外して手を抜くことも可能だろうが、足首では絶対に無理だ。

空腹と喉《のど》の渇きが徐々に体力を奪っていき、恐怖が心を蝕《むしば》んでいくのがわかる。トイレは工事現場などで使われる簡易型のもので、水洗式ではない。手洗いも付属していなかった。トイレの水を飲むことすらできなかった。空のペットボトルに小便を溜めて、それを少しずつ飲むようになった。だが、やがて小便も出なくなった。そんな状況が何度か繰り返された。

殺してやる。ずっとそれを考えていた。もしも再び自由になることができたなら、必ず田崎をこの手で殺してやる。そればかりを考えていた。

喰いものと水を与えてほしくて、田崎が戻るのを待ちわびる気持ちと、次に田崎が戻ったときが殺されるときなんじゃないか、という恐怖に頭がおかしくなりそうだ。

自棄《やけ》になってテーブルを蹴り飛ばす。テーブルが引っくり返った。テーブルの脚が、ボルトで天板に固定してあるのが見えた。このボルトは到底外すことはできないだろうし、外せたところで使い道がなかった。

ソファーを引っくり返した。黒のビニールレザーを張った安物のソファーだ。底の面には白い布が張ってある。四辺の縁《ふち》をホッチキスでビニールレザーに留めてあった。ホッチキスの針に爪を引っかけて力を込めると、さほどの苦労もなく外れた。真っ直ぐに伸ばして手錠の鍵穴に挿し込む。細すぎるのと柔らかすぎるせいで、なんの役にも立ちそうになかった。

手錠のロック機構は非常にシンプルな構造になっている。手錠の輪の、可動するアーム部分の刻みに板バネで押し上げられたラッチが嵌まりアームを固定する仕組みだ。鍵がなくても、細い金属製のピンを鍵穴に挿し込んで板バネを押し下げることができればロックは解除される。その構造は、世界中のどのメーカーの製品でも変わらない。

鍵なしで手錠を外すには、事務用品のペーパークリップが最適だ。細さと硬さ、曲げやすさ、力の加えやすさなどがその理由だった。だがペーパークリップは手に入らない。代わりのものを見つけるしかなかった。

今回ダブルロックがかけられていないことは手錠を嵌められたときに気づいていた。プロ仕様の手錠は通常のロック機構に加え、鍵の上部の突起で手錠の側面のピンを押し込むことでアームが固定されるようになっている。だが、それがかけられていないのは当然だった。

それは、手錠の輪が締まり過ぎて手首を傷《いた》めることがないよう、被疑者の人権に配慮したものだからだ。田崎が村井の人権に配慮などするわけがなかった。

白い布を引き剝がしてその奥を覗く。短い脚は木ネジで固定してあるのがわかった。使えないのはひと目でわかる。さらに奥に目を凝《こ》らす。四隅の内側の角に、斜めに十センチほどの長さの三センチ角程度の白木の角材が渡してあった。角材の両端近くに平たい釘の頭が見えた。指で触れてみた。直径が二ミリ弱の釘の頭に間違いない。これは使える。一気にアドレナリンが湧き出すのを感じた。角材を指で摑んで力を込めて揺《ゆ》すってみる。ビクともしない。

起ち上がって蹴りつける。何度も何度も踵《かかと》を振り下ろした。やがて角材が折れた。覗き込んでみたが、釘は微塵《みじん》も緩んではいなかった。だが、角材の破片は摑みやすくなった。ただひたすら揺すぶり続ける。

しばらく続けていると、少し釘が浮いたのがわかった。梃子《てこ》を使って力を込める。ゆっくりと曲がりながら釘が抜けた。長さ四センチほどの細い釘だった。次は角材の破片から釘を抜く作業に移る。釘の先端をテーブルに叩きつける。浮き上がった釘の頭を指で摘んで引き抜いた。

足首の手錠の鍵穴に釘の先端を入れてみた。余裕で入った。よしッ！　鍵穴の直線部分に釘の先端を引っかけて曲げた。先端から三ミリほどの位置で、七〇度くらいの角度に曲がった。

村井は十六年間警察官を続けてきた。手錠をかけたことも外したことも無数にある。手錠には馴染《なじ》みがあった。釘で鍵を開けたことはないが、俺にならできる。そう自分に言い聞かせて解錠に取りかかった。

釘の先端を鍵穴に深く挿し入れ、鍵を回す方向に先端を向ける。そこで、引っかかりや弾力を感じる場所を探す。なにもない。ただ硬い金属を引っ掻《か》いている感触しかなかった。向きが違うのか？　角度が違うのか？　少しずつ変えながら試し続ける。

やがて、微《かす》かな引っかかりを見つけた。だがそれは、押したり持ち上げたりできるようなものではない。すぐに外れてしまった。何度も何度も繰り返した。指先が痛くなってくる。平たい釘の頭が親指と人差し指に喰い込んで、痛みは耐え難いものになっていった。少し休んでは、すぐに再開する。それを繰り返した。命が懸《か》かっていた。他にやることもなかった。

二時間ほど続けても、なんの進展もなかった。心が折れそうになってくる。やはり釘での解錠は無理なんじゃないか？　俺は無駄なことに貴重な時間を費《つい》やしているのではないか？　なにか他の方法を検討するべきなんじゃないのか？　だが、諦める踏ん切りもつかなかった。

未練がましく同じことを続けていると、不思議なことに最初のころよりも随分と鍵穴の内部を感じられるようになってきた。釘の先端が、まるで自分の体の一部のようにコントロールできている気がした。そして、いままでずっと探していた場所が間違っていたことがわかった。

違う。ここじゃない。それが指先に伝わってくる。釘の先端の赴《おもむ》くままに少しずつ探す範囲をずらしていく。やがて微かな弾力を感じた。弾力に押し返されて外れた。動悸《どうき》が速くなった。

それは探していた場所とは一八〇度逆の方向だった。愚かだった。錠の構造を見誤っていた。単純に考えすぎていたことに気づいた。だが、もうわかった。それは確信に近いものだった。釘の先端ではなく曲がった角の部分を、弾力を感じた場所に寄せていく。左手の指をアームに引っかけて、開く方向に力を加える。右手の指先に弾力を感じた。その方向に、釘をゆっくりと倒していく。スッ、とアームが開いた。手錠が自重で床に落ちた。

あまりにも呆気《あっけ》なくて、しばし呆然としていた。ゆっくり右足を引き寄せ、左の膝に載せた。右手で足首を擦《さす》った。ふいに笑いがこみ上げてくる。声を出して笑った。止まらなかった。床に寝転がって、天井を見たまま、いつまでも笑い続けた。

漸《ようや》く笑いが治まると簡易キッチンの水道で水をたらふく飲んだ。喰い物を探す。小型冷蔵庫の中には、カロリーメイトやウィダーインゼリーなどの栄養補給食品と、レッドブルやモンスターなどのエナジードリンクしか入っていなかった。それらを片っ端から喰って飲んだ。

人心地《ひとごこち》つくと武器になる物を探した。鉄パイプかバールが欲しかった。逃げ出すことなど考えなかった。逃げようにも車がない。カネもない。携帯もなかった。

徒歩で逃げたところでどこにも行けない。自宅も車も知られているし、どちらの鍵も奪われている。ここで田崎を待ち伏せて殺す。奪われたものを全て取り戻して、田崎の銃とステーションワゴンを奪う。それが最善の策に思えた。

事務所スペースを出てユンボが駐まっている倉庫らしきスペースも探してみたが、使えそうなものはなにもなかった。先ほどまで足と繋がっていた鎖を使うしかない。そう覚悟を決めた。

太くて長い一本の鎖を金属柱に廻して両端を揃え、二個の鉄の輪の中に手錠のアームが通してあった。釘を使ってそちら側も解錠した。今度は二分もかからなかった。

　重たい鎖を振り上げてソファーに叩きつけてみた。充分な手応えがあった。これを田崎の頭に振り下ろせば、即死とはいかないまでも一撃で昏倒《こんとう》させることはできそうだ。村井の口元に笑みが浮かんだ。田崎が戻ってくるのが待ちきれない気分になっていた。


　原生林の中でしゃがみ込んで、村井は激しく咳《せき》込んでいた。

　鼻の骨が折れていた。鼻血が溢《あふ》れ出て鼻で呼吸ができない。前歯も何本か折れている。口の中にも血が溢れていた。それでも走らなければならなかった。気管に血が入った。呼吸ができなくなった。血で溺《おぼ》れると思った。死の恐怖が襲ってきた。斜面に倒れ込んで咳込むことしかできなかった。いまにも銃を持った田崎が現れるような気がしてならない。俺はここで、撃たれて死ぬのか。そんな諦めの気持ちが湧いてきた。だが、どうすることもできなかった。

　失敗《しくじ》った。田崎を殺せなかった。俺の体力が万全であれば殺せていたはずだ。村井は、それが悔しくてならなかった。

　やがて呼吸が落ち着いてくると、木の陰から周囲を見回した。田崎が近づいてきている気配はなかった。顔が灼《や》けるように痛い。まさかあそこで膝《ひざ》を喰らうとは思わなかった。頭にも腕にもかなりのダメージを与えているはずだ。なのに倒れずに膝を入れてきた。田崎を甘く見ていた。落ちた銃に飛びついたのが間違いだった。もっと何度も何度も鎖を叩きつけるべきだった。

いまはただ、殺されずに逃げ出せたことを幸運と捉《とら》えるしかない。そう思った。だが、こんなことになるのなら手錠が外れたときにそのまま逃げ出せばよかった。そうしていれば顔に怪我を負うこともなかったし、田崎に気づかれるまでにかなりの時間の余裕があったはずだ。

目を凝らし、耳を澄《す》ませてみたが、田崎が追ってきている様子はなかった。奴もかなりの傷を負っているに違いない。追跡を断念せねばならないほどのダメージがあるということだ。

それならまだチャンスはある。村井に活力が戻ってきた。このまま山の中を歩き続けても迷うだけだ。車が通るまともな道に出るのに何時間かかるかわからない。あるいは何日か。

田崎も、まさか俺が戻ってくるとは思うまい。村井はそう思った。奴は事務所スペースで傷の手当てをしているはずだ。殺すことはできないまでも、なんとか車を奪うことはできないだろうか。あんなプレハブ小屋で、ドアをロックしているとは思えない。スマートキーをドアポケットに入れたままにしていることも、絶対にないとは言い切れないのではないか。

身を低くして、林の中をゆっくりと進んでいった。プレハブ小屋の裏手を目指していた。林を抜け出ると小屋の裏側にしゃがんで耳を澄ませる。なにも聞こえない。少しずつ、小屋の側面の壁伝いに出入り口のシャッターに近づいていく。

突如、エンジンの唸《うな》りが聞こえた。慌てて壁の際《きわ》まで進んだ。小屋からステーションワゴンが飛び出して、遠ざかっていく。村井はそのナンバープレートを頭に刻みつけた。

遅かった。車を奪うことはできなかった。まあ仕方がない。万に一つの可能性に期待をかけていたに過ぎない。失望よりもむしろ、田崎がいなくなったことに安心感を得ていた。

田崎は病院に向かったのだろう。しばらくは戻ってこない。いまのうちに、少しでもこの小屋から離れたかった。先ほどまでより幾分《いくぶん》かはマシな状況になっている。少なくとも原生林の中で迷うことなく、舗装された道を歩いて山を下りることができるからだ。

　事務所スペースで水を飲み顔を洗った。顔の中央は触れるのが恐ろしいほど腫《は》れ上がっているのがわかる。流れる水に顔を当てて、血を落とすだけにした。鼻血は一向に止まる気配がない。

　簡易キッチンの扉にかけてあったタオルで鼻血を押さえてプレハブ小屋をあとにした。

　力ない足取りで坂道を下っていく。とにかく通りかかった車を止めて助けを求めるしかない。とりあえずは医者だ。だがカネがない。保険証もない。ヘタをすれば通報されるかも知れない。どうすればいいのかわからぬまま十五分ほど歩き続けたころ、前方から一台の車が近づいてくるのが見えた。白のセダンだ。田崎じゃない。手を振ってみた。

　白のクラウンが村井の前で停まった。ウインドウが下がり、四十前後の男が顔を出す。

「どうしました？」

　男が言った。ベージュのスーツを着て、薄い色のついた眼鏡をかけている。

「あの、この先で事故を起こしまして、崖《がけ》から車が転落してしまって、なんとか逃げ出すことはできたんですが、携帯も財布も車の中で……」

　村井はタオルを外して、折れた鼻と歯が折れた口を見せた。そのほうが説得力があると思ったからだ。すぐに鼻血が溢れ出てくる。

「大変ですね。病院までお連れしましょうか？」

「ありがとうございます。すごく助かります」

「ただ、一つ用事を片づけたいので、五分ほど待っててもらえますか？」

「ええ、もちろん」

「じゃあ乗ってください」

男が手を伸ばして助手席のドアを開けてくれた。村井が後ろを廻って乗り込むと、すぐに車が走り出す。男は無言で、いま村井が下ってきた道を戻っていく。嫌な予感がした。

「あの、どちらへ？」

訊ねてみたが返事はなかった。この男は何者なんだ？　田崎の仲間なのか⁉　やがてプレハブ小屋が見えてきた。嫌な予感は的中した。男が小屋に向かってハンドルを切った。車が止まった瞬間に飛びかかる、村井がそう覚悟を決めたとき、

「あそこから逃げてきたんだろ？」

男が言った。

「え？」

「いま、中に誰かいるのか？」

そう言った男の右手には、中型の自動拳銃《オートマチック》が握られていた。

4

「いや、誰もいない」

村井はそう応えた。少なくともこの男が田崎の仲間ではないことだけはわかった。男は微かな笑みを浮かべて頷くと、そのまま開いたシャッターの奥へ車を滑り込ませた。

ユンボの手前で車を駐めると男が言った。

「降りてくれ」

村井が車を降りると、トランクの蓋が少し持ち上がるのが見えた。男は運転席を出て、ユンボの脇の地面に横たわるビニール製らしき大きな袋の傍《かたわ》らに屈み込む。なんだあれは？　逃げ出すときには気づかなかった。遺体収納袋のように見える。

男は袋のジッパーを三十センチほど開いて中を確認すると起ち上がった。

「悪いが、トランクのダンボールを二個とも後部座席に移してくれないか？」

腰だめの銃を村井に向けて男が言った。村井は素直に従った。それが終わると、

「このご遺体をトランクに載せてくれ」

村井は男の側《そば》に屈んで袋を抱えた。重い。だがなんとか独りで持ち上げることができた。また溢れ出していた鼻血が顎の先から落ちていくのがわかる。

「丁寧に扱ってくれよ」

男が言った。村井はそっとトランクの中に袋を横たえると、静かにトランクを閉じた。

「ご苦労さん。じゃあ行こうか」

男が運転席に乗り込む。村井も助手席に乗った。タオルで鼻血を押さえた。車がバックで走り出し、切り返して小屋の外に出ると今度は坂道を下っていく。いつの間にか、男の手からは銃が消えていた。

「あんた、何者なんだ？」

村井は訊ねた。訊ねずにはいられなかった。男はフッ、と鼻を鳴らした。

「あんたは、自分が何者かを俺に教えたいのか？」

「…………」

それからは二人とも無言だった。得体の知れない男だが、危害を加えられる虞《おそ》れはなさそうに思えた。坂道を下りきって平坦な道になり、農村地帯を走り続けていると、やがて少しずつ建物が増えてきた。君津市の市街地に入ったのがわかった。

車が停まったのは、中程度の規模の総合病院の前だった。礼を言おうとシートベルトを外して男のほうに向き直る。男は尻ポケットから出した長財布から四、五枚の万札を摑み出していた。

「返さなくていいよ」

男が現金を村井に差し出す。村井は、なんと応えたらいいのかわからなかった。

「気にするな。困ってるときはお互い様だ」

村井は、カネを受け取ると深々と頭を下げた。車を降りてドアを閉め、もう一度頭を下げる。車が走り出し、すぐに見えなくなった。


ＣＴとレントゲンを撮り、さらに超音波《エコー》で確認して二泊三日の入院が決まった。この病院には歯科はないため、歯の治療は退院後ということになる。

どうせ泊まる場所もないし、まともな食事ができるような歯の状態でもない。入院できるのはありがたかった。点滴と流動食と睡眠で、なんとか体力を回復させたかった。

病院に対しては「山の中で事故を起こして車が崖から転落しました。事故の処理は友人がしてくれていますが携帯電話と運転免許証は車の中だし、健康保険証は自宅にあります。いま持っている現金はこれだけです。保険証と治療費の残りは退院後にすぐに持ってきます。ご不審な点があれば、警視庁荻窪警察署に問い合わせて下さい」と言って、親しい後輩の名を伝えた。それでどうにか納得してくれたようだ。

その夜は、鎮痛剤と消炎剤を飲んで久しぶりにぐっすり眠った。

翌日、全身麻酔下での施術が行われた。それ以外の時間もほとんど眠って過ごした。目覚める度に体力が戻ってきているのを感じるのが嬉しかった。あっという間に退院の時がきた。

鼻を保護するノーズガードが医療用テープで固定され、いかにも怪しげな面相になっていた。口元の腫れはほぼ治まっている。

とりあえず三万円を支払い、次の検診の際に保険証の提示と、治療費や入院費の残りを支払う約束をして病院を出た。すぐ近くの処方箋薬局で、また一万円札が消えた。

君津駅から内房《うちぼう》線で東京に戻る。東京駅で中央線に乗り換えて新宿で降りた。

地下通路を歩き続けて新宿三丁目で地上に出ると、ビッグス新宿ビルの裏手の雑居ビルの一つに向かった。五階のなにも標示が出ていないドアの前でインターホンを鳴らす。やがて男の声が応えた。

「どちら様？」

「村井だ」

「村井？　……デカの？」

「ああ」

「ちょっと待って」

しばらく待たされてドアが開く。五十代の頭が薄くなった小太りの男が警戒心剝《む》き出しの眼を向けてくる。村井の顔を見て驚きの表情に変わった。

「なんだその顔？」

「とりあえず中に入れてくれないか？　茶の一杯ぐらいごちそうしてくれよ」

　男は束《つか》の間《ま》逡巡を見せたが、すぐにドアを大きく開いて村井を中に通した。雑然とした事務所の隅の貧相な応接セットのソファーに向かい合って座ると村井は言った。

「お前さんに、いい知らせと悪い知らせがある」

「え？」

　この男は中本《なかもと》という、ありとあらゆる非合法な品の売買で生計を立てている小悪党だ。村井は数年前に捜査の過程でこの男を知り、それから何度かのささやかな関係を続けてきた。

「悪いほうは、いま追ってる事件《ヤマ》で逮捕《パク》った被疑者が、ある違法な品をお前さんから手に入れたと供述してるってことだ」

「…………」

「当然お前さんから事情を聞かなきゃならないが、俺なら、お前さんの商売には目をつぶるから協力してくれ、と言う。いままでもそうしてきたよな？」

「ああ」

「だが今度来た係長は杓子定規《しゃくしじょうぎ》な野郎でね、ここに家宅捜索《ガサ》をかけて違法なブツを見つけ出し、お前さんをパクってから追い込むって方針を打ち出した」

「！」

　中本の顔が歪《ゆが》んだ。追い詰められた表情になっていた。村井は続けた。

「いい知らせのほうは、俺がその方針に反対だってことだ」

「な、なんとかしてくれんのかい？」

救いを求めるように中本が言った。

「俺にしてやれるのは、ガサの日時が決定したら事前にそれを知らせてやることくらいだな」

「助かるよ……」

中本が安堵のため息を漏らした。

「俺のスマホに、お前さんとの通話記録を残すわけにもいかねえから、トバシの携帯を一台用意してくれ」

村井は言った。

「ああ、すぐに用意できる」

そう言ってから中本は、阿《おもね》るような薄笑いを見せた。

「で？　その見返りに、俺はあんたになにをしてやればいいんだい？」

「そうだな……」

村井はさもどうでもいいことのように言った。

「次に銃器摘発のノルマが課せられたときのために、首なしの拳銃《チャカ》が一丁あると助かるかな」

「わかった。なんとかするよ」

「弾《タマ》なしだと値打ちが下がるから、弾《タマ》ありで頼むぜ」

中本は頷くと、ソファーから起ち上がった。

雑居ビルを出ると、手に入れたばかりのガラケーを取り出した。下《しも》四桁が○一一○なので記憶している荻窪警察署の代表番号に電話をかけて、刑事組織犯罪対策課の高岸《たかぎし》に繋いでもらった。

手持ちの現金は残り僅かになっていたが、タダで携帯電話と・38ＳＰＬの実包が五発詰まったリボルバーを手に入れた。これで田崎と戦える。

田崎も必死で村井を捜しているだろうが、田崎に村井は見つけられない。だが、村井には田崎を見つけ出すことができる。

さほど待たされることもなく、「はい、高岸です」の声が聞こえた。

一般の人には、刑事というのはいつも表を歩き回っているものだと思われがちだが、実際には刑事《デカ》部屋で電話をかけたり、ネットでデータベースを検索したり、なにかにつけいちいち提出が義務づけられている書類仕事に費やしている時間のほうが圧倒的に長い。

「俺だ。村井だよ」

「え？　どしたんスか？　事故で入院だって問い合わせがありましたけど……」

「そっちは問題ない。もう退院した。それよりお前にやってもらいたいことがある」

「………」

高岸は、本来なら村井とともに警察を辞めるべき立場にいた。だが村井は、高岸のことを一切しゃべらなかった。そのお蔭で高岸はいまもデカを続けていられる。断れるはずがなかった。

「いまから言うナンバーのステーションワゴンを見つけてくれ。大至急で頼む」

「あの、それってなんか、ヤバいヤツじゃないですよね？」

高岸が怯えたような声を出した。

「心配するな。俺は地道に生きてるよ」

村井は笑い声を上げた。

高岸から電話がかかってきたのは、陽が完全に落ちたあとだった。村井は西荻窪に向かった。

ステーションワゴンは、村井の住むマンションからほど近いパーキングビルの四階に駐められていた。やはり田崎は村井の自宅マンションを見張っているようだ。

誰がのこのこ自宅になんぞ戻るか！　村井の口元に笑みが浮かんだ。あとは田崎が車に戻ってくるのを待ち伏せるだけだった。

ステーションワゴンの隣に駐まっているセダンの背後の床に座り込む。そこからなら駐車車輌の隙間からエレベーターの方向が見通せるが、エレベーターの側《がわ》から車の陰に潜む村井の存在を気づかれることはないはずだ。

田崎が戻ったときに、できれば派手な銃声を響かせたくはないので、ここまで来る途中に百均ショップで刃渡り十二センチのフルーツナイフを買ってきていた。すぐに抜き出せるようズボンのベルトに挿しておく。何時間待つことになるかわからないからコンビニでウィダーインゼリー二個と、レッドブル三本も買ってあった。

今夜田崎を殺す。そして奪われているものを取り返す。そうすれば漸く自宅に戻ってゆっくり風呂に浸《つ》かることができる。服も着替えられる。あしたには保険証を持って歯医者にも行ける。

歯の治療が始まれば、とりあえずまともな食事も摂《と》れるはずだ。そのあとはのんびり過ごし、君津の病院に保険証とカネを持っていくのはあさってにしよう。村井はそれらのことが待ち切れないような気持ちになっていた。

それからはゆっくりと時間が過ぎていった。退屈だが、長年デカをやってきた村井は張り込みには慣れていた。三時間ほどが経過したころ、エレベーターから出てきた田崎の姿が見えた。スーツの上着を着ていない。右腕の肘から先にはギプスらしきものが装着されている。やはり右腕が折れていやがった。村井の口元に笑みが浮かんだ。

疲労を滲《にじ》ませた足取りで、田崎がこちらに向かってくる。かなり苛立っているように見えた。村井は中腰になって、セダンのウインドウ越しに田崎の接近に備《そな》えていた。いきなり銃弾を一発撃ち込むべきなのか、それともやはり音が響かぬように、車に乗り込むタイミングを待って背中から刺すべきなのか。その判断は難しかった。

田崎がステーションワゴンに辿り着き、村井がリボルバーのグリップを摑んだとき、急に田崎が足を止めた。ズボンのポケットから出したスマホを耳に当てる。

「はい……」

面倒くさそうに田崎が電話に出た。

「あ？」

田崎の表情が強張《こわば》る。一瞬にして蒼白になったかのように見える。

「あんたに話すことはなにもない」

吐き捨てるように言った田崎が電話を切ろうとしたとき、村井が飛び出した。フルーツナイフで田崎の脇腹を深々と抉《えぐ》った。腰から崩れ落ちた田崎の、腹に挿した銃を抜き出そうとした右手のギプスを村井の左手が摑んだ。右手のフルーツナイフを顎から真上に突き立てる。

叫び声を上げるように田崎が口を大きく開けた。だが声は出てこなかった。開いたままの口の中には縦にナイフの刃が見える。たちまち血が溢れた。田崎は動こうとするのをやめた。

「待ってたぞ」

押し殺した声で村井は言った。

「この瞬間を、ずっとずっと待ってたぞ」

ナイフを真下に引き抜く。田崎はもうなにも聞いていないようだった。

5

辿り着いた高樹町のオフィスビルは、地下一階から地下三階までが駐車場になっていた。その地下三階の隅にダークグレーのメルセデスのステーションワゴンが駐められていた。

矢能はレクサスを近くの空いているスペースに駐めた。グローブボックスに入れっ放しだったオレンジ色の緊急脱出《レスキュー》ハンマーを取り出して車を降りる。今回は鍵屋を呼ぶほどの手間をかけるつもりはなかった。

レスキューハンマーは、車が水没してドアが開かなくなったときに窓ガラスを割って脱出するためのものだ。柄《え》の長さは十数センチ、重さは二百グラムにも満たない玩具《おもちゃ》のような代物《しろもの》だ。

念のため一応確認してみたが、やはりステーションワゴンの全てのドアはロックされていた。運転席の窓ガラスをレスキューハンマーで軽く一撃する。一瞬でガラスは粉々に砕けた。

よくハリウッド映画でタフガイが車のサイドガラスを肘《ひじ》で叩き割るシーンを見かけるが、あれは映画のウソだ。焼入れされた強化ガラスは通常のガラスの三倍から五倍の強度があり、肘では割れないし、靴の踵《かかと》で思い切り蹴ろうが、肩から全力で体当たりしようがビクともしない。だが先端が尖った物で衝撃を一点に集中させれば簡単に粉々になる。それが強化ガラスの特性だ。

矢能は割れた窓から手を入れてドアを開け、リアゲートのロックを解除した。車の後ろに廻り込んでリアゲートを開く。荷台にはなにもなかった。

思い違いだったか。そう思ったとき、微かに下水のような臭いを嗅《か》いだ。荷台の床の縁に手を滑らせる。窪みに指をかけると床が持ち上がった。そこに田崎がいた。

膝を抱えるようにして床下収納に押し込められた田崎の顔は、とても生きている人間の色ではなかった。すぐに強烈な腐臭が鼻を衝《つ》く。矢能は指を放してその場を離れた。そしてレクサスに戻って電話をかけた。


大垣は二十分ほどでやって来た。

黒のエスカレードプラチナムの後部座席から降り立つと、運転席から降りた猫背とともに田崎と対面した。すぐにリアゲートを閉じて猫背に首を振った。

猫背はステーションワゴンの運転席のドアを開け、シートのガラスの粒を払い落としてから車に乗り込みエンジンをかける。スペアキーを持ってきていたらしい。大垣に軽く一礼して、そのまま走り去った。

大垣は、レクサスのドアにもたれて立っている矢能のところに歩いてくると、

「どうやって見つけた？」

矢能が田崎を見つけたあまりの早さに驚きを隠せないでいる。

「あんたも見たことがある肥《ふと》ったデカに、ナンバーを伝えてその車を探させた。俺が田崎と最後に電話で話した直後にな」

矢能は煙草をくわえたままで言った。

「あいつはきのう、ここで見つけてＧＰＳの発信機を取りつけた。それ以降、その車はここから一度も動かなかった」

「そういうことか……」

大垣は深いため息をついた。

「あんたが来るまでのあいだに、何本か電話をかけて訊いてみた。このビルは磬政会《きんせいかい》系の金融屋の持ち物で、このフロアには金融流れの高級車がストックされてるそうだ。知らない車がずっと駐まってても誰も気にしない場所らしい」

矢能は言った。

村井は、過去にデカとしての捜査活動の過程でここを知り、利用できると考えたに違いない。ここに放置しておけば当分死体は発見されないだろうし、発見されたとしても警察沙汰を避けるために密かに処分される可能性もあった。仮に通報されて事件化されたとしても、捜査はヤクザ絡みの間違った方向に迷走することになる。

「なにもかも、お前さんの推測通りだったってわけだ」

大垣が肩をすくめて見せた。

「あとは、あんたらで好きなようにやればいい」

矢能は大垣に背を向け、レクサスのドアを開けた。

「ちょっと待て」

大垣の声に矢能が振り返る。大垣はエスカレードの後部座席のドアを開けて、中から手提げの紙袋を取り出して戻ってきた。紙袋を矢能に差し出す。

「ん？」

「先に田崎を見つけたら、一千万払うって言ったろ？」

「…………」

大垣の意図がわからなかった。

「あんた、払うつもりなんぞなかったはずだ」

「いまは違う」

「どういう意味だ？」

「お前さんを味方にはできなくても、敵には回さないでおきたい、っていう意味だ」

大垣が控えめな笑みを浮かべた。

「ほう」

矢能は無表情のままで言った。

「俺が受け取らないと、角《かど》が立つ、ってことか？」

「まあ、そうなる」

「じゃあ貰っとこう」

矢能は受け取った紙袋を助手席に置いて運転席に座った。

「じゃあな」

「他に、教えといてくれることはないのか？」

大垣が言った。

「そうだな……」

矢能は少し考えてから言った。

「あとは、寺西の死体を出したのはサトウだ、ってことぐらいだ」

「え？」

「もう、他にはいない」

矢能はドアを閉め、レクサスをスタートさせた。

とりあえず事務所に戻ろうと六本木通りから首都高に乗り、山手トンネルを走っているときにスマホが鳴り出した。篠木からだった。

「ヴェルファイアが戻ってきました。乗ってた男はマンションの中に入っていきました」

「よし、いまから行く」

首都高を降りて、中野には戻らずに西荻窪に向かった。

村井のマンションに着いたのは午後八時ごろだった。レクサスが地下の駐車場に入っていくと駐車車輌の陰から篠木が姿を現した。

「お疲れ様です」

矢能が車を停めてウインドウを下げると篠木が駆け寄ってくる。

「あれからは変化なしです」

「ご苦労さん」

助手席の紙袋の中から百万の束を一つ取って篠木に手渡す。

「ま、マジすか？」

手にした札束を見て篠木が怯えたような声を出した。

「どしたんスか？　なんか怖いんスけど……」

「気にするな。今回だけだ。……お前、車は？」

「いえ、運転もあるのかと思って電車で来ましたけど……」

「じゃあ乗れ」

篠木を乗せて駐車場を出るとマンションの正面に停車する。スマートキーを篠木に渡し、

「この車、ウチの駐車場に戻しといてくれ」

「え？　あの野郎を取っ捕まえるんじゃないんスか？　手伝いますよ」

「いや、捕まえたりはしない。話をするだけだ」

車を降りてエントランスに入った。インターホンに村井の部屋番号を打ち込んでコールボタンを押す。待つほどもなく男の声がした。

「はい？」

「私は矢能という者です。正岡紗耶香さんの使いで来ました」

「え？」

「紗耶香さんは、あなたと連絡が取れないことを大層心配しておられまして……」

「ああ……」

「それで私が相談を受けましてね」

「それは申しわけない。ちょっとしたアクシデントがありまして……。紗耶香さんには、改めてこちらからご連絡します、とお伝えいただけますか？」

「一、二分だけ、お時間いただけませんか？」

「いや……」

「直接お目にかかることができれば、私の仕事も終われるんですが……」

「………」

村井は迷っているようだった。だがやがて、

「わかりました。どうぞ……」

オートロックのガラスドアが開いた。矢能はそこを通り抜けてエレベーターホールに向かう。八階の村井の部屋の前に立ちインターホンを鳴らすと、すぐにドアが細めに開いた。チェーン

はかかったままだった。その隙間からノーズガードをつけた男の顔が見えた。

「実はご覧の通り、事故に遭って入院してたんですよ。それで連絡も取れなくて……」

　村井が言った。

「ご依頼の件は、もう少しお待ちいただけるようにとお伝え下さい」

「彼女の依頼は忘れてくれていい」

　矢能は言った。

「え？」

「きのう、寺西彰吾の死体が発見された。他殺だ。だからもう捜す必要はなくなった」

「………」

「ついでに言っておくが、正岡道明はお前にカネを払わないぞ」

「！」

　村井が息を飲んだ。

「田崎ならカネを取れたかも知れんが、お前には無理だ」

「な、なんの話かわかりませんね」

　村井は惚《とぼ》けようと試みた。だが動揺を隠せてはいなかった。

「あなたはなんなんです？　本当に紗耶香さんに頼まれたんですか？」

「俺は、彼女に依頼された探偵だ」

「信じられないね」

「さっきまで、俺は高樹町のビルの地下三階にいた」

「え？」

村井の眼がまん丸く見開かれる。

「死体は正岡の部下が運んでいった。もう田崎のフリをしたメールは無駄だ」

矢能の言葉に、見る見る村井の表情が険しくなった。

「俺には関係ない。もう帰ってくれ」

フッ、と矢能の鼻から息が漏れた。

「正岡の爺さんがカネを払わなかったらどうするつもりだ？　サツにタレ込むのか？」

「……」

「そうなったら爺さんは、有り余るカネを使って法廷闘争に打って出るだろうな」

「あ？」

「高齢者だし障害持ちだし、保釈金はいくらでも払える。身柄を拘束されることもなく、自分が死ぬまで裁判を長引かせるというわけだ。そしてお前には、田崎殺しのツケが回ってくる」

「証拠はない！」

村井が大声を出した。ついに惚けるのを諦めたようだ。

「証拠なんかいらない」

矢能は言った。

「おそらくお前には懸賞金がかけられる」

「あ⁉」

「お前が要求した二億は、お前の首を持ってきた奴が受け取ることになる」

「………………」

「まぁ、せいぜい用心して生きていくことだ」

矢能はドアの前を離れて、エレベーターに向かって歩き出した。

6

矢能はマンションを出ると、青梅街道に向かって歩きながらスマホに残っているサトウの番号に電話をかけた。しばらく待ったが応答はなかった。もう、あのときの携帯は廃棄されているのだろう。諦めて電話を切った。

青梅街道に出て、タクシーを拾おうとしているときにスマホが鳴り出した。画面にはサトウの番号が表示されていた。

「矢能だ」

「なにかご用かな？」

サトウの声が言った。

「少し話がしたい。いまどこにいる？」

「新宿で飲んでる。来るかい？」

「なんて店だ？」

　矢能は電話を切るとタクシーを拾い、新宿に向かった。


　指定された店は、職安通り沿いの雑居ビルの五階にあった。中に入るとそこは、いかにも老舗《しにせ》のバーという雰囲気の店だった。

　サトウはカウンターの端で独りで飲んでいた。矢能は隣のスツールに腰を下ろし、カウンターの中の蝶ネクタイの初老のバーテンダーにハーパーのロックを頼んだ。

「俺は、あんたに迷惑をかけちまったのかな？」

　サトウが言った。

「迷惑と言うほどじゃないが、少々遠回りをさせられた」

　矢能はそう言った。サトウは怪訝な表情を見せたが、黙って矢能の酒が届くのを待っていた。

「乾杯、といきたいところだが、まずは寺西に献杯《けんぱい》しよう」

　矢能がグラスを手にするとサトウが言った。無言でロックグラスを掲げる。矢能も無言のままグラスを持ち上げた。

「さて、なにがあったのか聞かせてくれ」

　そう言ってサトウは笑みを見せた。矢能は、捜査一課のデカがやってきたことと、そのせいで寺西の死体を出したのは田崎だと思い込んでしまった経緯を話した。

「それは済まなかった。俺は、あんたと寺西が名刺を交換してたなんて知らなかったもんでね」

サトウが言った。

「知ってたら、あんたの名刺は除《よ》けといたんだけどな」

「カネを確認してるときに、ステーションワゴンにＧＰＳを取りつけたのか？」

「ああ。それと、寺西の靴の踵《かかと》にも仕込んであった」

「なるほど」

ステーションワゴンの位置と、寺西の死体の位置が離れたときがピックアップするタイミングだったのだろう。

「死体を出すのも寺西のオーダーだったのか？」

「そうだ。それが今回の依頼の肝《きも》だった」

サトウは手柄話をするように言った。

「殺した側は死体を闇に葬《ほうむ》りたい。それを邪魔するとカネを持ち帰るのは難しいし、俺の命にも関わる。まずは無事にカネを受け取って、そのあとで寺西を取り戻す必要があった」

「死体を出す理由は、元の嫁のリクエストか？」

「いや、俺はそれは聞いてない。俺が聞いてるのは、いまの嫁の願いだってことだ」

「ほう」

「寺西は、十数年前にいまの嫁と結婚した。中一の娘と、小五の息子がいる。嫁は寺西の余命も知っていた。寺西は家族にカネを残す唯一の方法を嫁に打ち明けた」

「…………」

「嫁は、やめてくれ、と言った。そんなおカネはいらない、とね。子供たちは、わたしがどんなことをしてでも立派に育ててみせます。……泣かせる話だろ？」

「ああ」

「夫が、父親が、行方不明のままなんて耐えられない。たとえあなたが死んでしまっても、遺体と対面して、お骨《こつ》を拾って、お墓に納める。そういうことが残された家族には必要なんだ、ってことを言われたんだそうだ」

「そうか」

「だが寺西は、どうしても家族にカネを残したかった。ロクな貯《たくわ》えもないし生命保険に加入するような生き方はしてこなかった。幼い子供を抱えた嫁に苦労だけを残したくはなかった。だからなんとか遺体を家族の元に返せないか。とまぁ、こういうオーダーだったってわけだ」

「なるほど」

　腹違いの娘である紗耶香は大金持ちの正岡の孫であり、ビジネスで成功を収めている志穂の娘だ。一生カネに困ることはないはずだ。それだけに、もう一方の子供たちの行く末が気がかりでならなかったのだろう。そう思った。

「それで、その話に俺が巻き込まれたのはなんでだ？」

「それはもちろん、スムーズな取引にするためには、あんたのような人物が必要だったからだ。俺はあんたの噂をいろいろ聞いていて、一度仕事をしてみたいと思ってたからね」

「それだけじゃないんだろ？」

「ああ、たしかにもう一つ、保険の意味もあった」

「保険？」

「実のところ、俺が寺西を取り戻せるかどうかは、五分五分だと踏んでた」

「…………」

「俺が近づく前に焼却炉に放り込まれたり、専門の処理業者に渡ったりしたらどうしようもないからね……」

「ああ」

「そうなったときのために、寺西の死を家族に話してやれる、カタギの目撃者が必要だった」

「…………」

「それには、あんたほどの適任者はいない。寺西があんたに名刺を渡したのも、しっかりと自分のことを思い出してほしかったからじゃないかな」

「そういうことか……」

「だが結局その点に関してあんたの出番はなかった。俺は寺西の嫁にカネを届けた。すごく感謝されたし、充分稼がせてもらったよ」

「そうか」

「あんたはどうだったんだ？　稼げたのか？」

「ああ。望んでもいないのに、たんまりとカネをくれた」

「だったら、今夜の酒はあんたの奢《おご》りってことで……」

「そのつもりだ」

サトウはにっこりと笑い、グラスを持ち上げて矢能に軽く一礼した。

「ところであんた、鼻の骨が折れた男のことは知ってるかい？」

「ああ、村井という元デカだ。……なんで知ってる？」

「いや、妙なところで出くわしてね……」

サトウは笑いながら話し始めた。その後二人は二度店を替え、深夜まで飲んでいた。


翌日の昼過ぎに目を覚ますと、身支度を整えて向かいの中華屋でメシを喰った。そして駐車場のレクサスに乗り込んで正岡志穂に電話をかける。

「はい正岡です」

「矢能だ。調査は終了した。どちらに伺えばいいのかな？」

「では、申しわけありませんけど前回と同じく学校のほうに来ていただけるかしら？」

「ええ」

「わたしはずっといますから、ご都合のいい時間にどうぞ」

「いまから向かいます」

矢能は電話を切るとレクサスをスタートさせた。

日曜なので正面玄関は閉まっていた。「ご用のある方は通用口にお回り下さい」の文字と矢印が記されたプレートが下がっていた。

通用口の警備員は矢能が来ることを聞かされていたらしく、すぐに扉を開けて理事長の部屋への行き方を教えてくれた。

ノックすると「はい」と声がして、志穂が自らドアを開けて矢能を出迎えた。

「ごめんなさい。こちらから伺うべきなのに、ちょっと片づけなきゃいけない仕事があって」

「いや、問題ない」

勧められた、シンプルだがセンスの良いソファーに腰を下ろした。

「コーヒーはいかが？」

「いただきましょう」

志穂はポットからコーヒーを注ぎ、湯気の立つカップ＆ソーサーと小ぶりな灰皿を矢能の前に置いた。

「え？」

矢能が顔を上げると、

「きょうは他に誰もいないから特別よ」

と微笑む。男を勘違いさせる笑顔だ。そう思った。矢能はお言葉に甘えて煙草に火をつけるとコーヒーを一口啜った。

「旨いコーヒーだ」

お世辞ではなくそう言った。

「では、調査の結果を教えていただける？」

自分用のコーヒーを手に、矢能の正面のソファーに座ると志穂が言った。

矢能は、これまでの経緯を簡潔に話した。だが正岡の部下から銃を向けられたことと、村井がこの先どうなるかについては伏せておいた。

「ともかく、村井という人が生きていてよかった」

聞き終えると志穂が言った。

「どんな事情があったにせよ、死んだのがその人のほうだったら、きっと紗耶香は自分を責めずにはいられなかったでしょうから……」

「ああ」

矢能も同じように思っていた。紗耶香から依頼された、村井がどうなったかの調査は最後までやり遂《と》げた。村井は生きていた。直《じか》に会って話もした。彼女を安心させてやれる報告ができる。そう思っていた。

「それで、あなたは知っているの？」

志穂が言った。

「なにを？」

「強請りのネタになった、正岡道明の秘密」

「ああ……」

矢能は煙草の灰を落とし、コーヒーを啜った。

「確証はないが、察しはついてる」

「どんなふうに？」

「正岡道明は、三十年前に死んだはずの武《む》藤《とう》埜《や》寿《す》光《みつ》だ」

「………」

「焼身自殺を偽装して密かに出国し、中国人呉道明《ウーダオミン》の戸籍を手に入れた。そして十年後に日本に戻ってきて、同じ女性と二度目の結婚をした」

「…………」

「危険を冒《おか》してまで帰国したのは、おそらく嫁の病気のせいだろう。そして入籍までしたのは、嫁の死を看取《みと》るためだ。家族でないと、臨終《りんじゅう》の際に病室にも入れないからな。違うかな？」

「父は、母を愛していたの」

志穂は悲しげな顔で言った。

「いえ、母の愛に報《むく》いるためだったのかも知れない」

「ん？」

「父は、自殺を偽装したりはしなかった。ただ密かに中国に渡っただけ。でも母は、どうしても父を救いたかった。日本に帰らせてあげたかった。だから寺西に頼んで自殺を偽装したの」

「…………」

「寺西の仕事は完璧だった。知り合いの歯科医の協力で入れ替えられた歯科記録と母の証言で、父は自殺と断定されたわ。もう日本の警察は、武藤埜寿光を捜すのをやめた。でも、そのことを知った父は、それを快《こころよ》くは思わなかった」

「なぜ？」

「いくら自分のためだとはいえ、年齢や体格が似ているというだけの理由で選ばれた、罪もない無関係の人を焼き殺したのは、父にとっては許し難《がた》いことだった」

「…………」

「父は、母のことも寺西のことも責めはしなかった。でも、それから十年が経って、なにも知らないわたしが、寺西と一緒になりたい、と言い出したときには激怒した」

「そういうことか」

「父は寺西を殺そうとした。寺西は、撃たれる覚悟ができているように見えた。わたしは寺西を愛していた。殺させるわけにはいかなかった」

「ああ」

「父を撃ったのはわたしよ」

「…………」

「もし寺西だったら、父はそのときに死んでるわ」

「だろうな」

「父はわたしを責めなかった。代わりに寺西に懸賞金をかけた。寺西はそれを受け入れた」

「…………」

「わたしには未《いま》だに、誰が悪かったのかわからない」

「ああ」

「結局わたしは寺西と上手くいかなくなった。父とも上手くいかなくなった」

「…………」

「でも、父から孫を取り上げようとは思わなかった」

「ああ」

そこでふいに志穂は、照れたような笑みを浮かべた。

「さて、紗耶香にはどう伝えてもらえばいいのかしら？」

「あなたはどう思うんだ？」

「そうね……」

志穂は、張り詰めていたものが解《ほぐ》れたかのように、清々《すがすが》しい顔になっていた。

「なんだか、あなたに話したらもうどうでもよくなっちゃった……」

「…………」

矢能は漸《ようや》く気づいた。志穂は、紗耶香にどこまで真実を隠すのかを矢能と相談したかったわけではなく、紗耶香に、真実以外のものが伝わるのを防《ふせ》ぎたかったのだということに。

「どこまで伝えるかは、あなたの判断にお任せするわ」

そう言って、志穂はにっこり笑った。例の、男の判断力を狂わせる笑顔だ。

「余計なことまで知らせる必要はない。俺がちょうどいい塩梅《あんばい》で報告しておく」

矢能にはその自信があった。煙草を消し、コーヒーを飲み干して起ち上がる。

「では、これで失礼する」

ドアに向かう矢能に志穂が言った。

「きょう、このあとのご予定は？」

矢能は足を止めて振り返った。

「これから紗耶香さんに報告に行く」

「そのあとは？」

「娘とメシを喰う」

そう言って部屋を出た。

本書は書き下ろしです

木内一裕（きうち・かずひろ）

1960年、福岡生まれ。

2004年、『藁の楯』（'13年映画化）で小説家デビュー。

'07年『水の中の犬』、'09年『アウト＆アウト』（'18年自身による監督・脚本で映画化）、'10年『キッド』、'11年『デッドボール』、'12年『神様の贈り物』、'13年『喧嘩猿』、'14年『バードドッグ』、'15年『不愉快犯』、'16年『嘘ですけど、なにか？』、'18年『ドッグレース』、'19年『飛べないカラス』、'20年『小麦の法廷』を刊行。本書は「矢能シリーズ」第５作目となる。

ブラックガード

第１刷発行　2021年11月１日

著者　木《き》内《うち》一裕《かずひろ》
発行者　鈴木章一
発行所　株式会社講談社
東京都文京区音羽２－12－21
郵便番号　112－8001
電話　出版　03－5395－3505
販売　03－5395－5817
業務　03－5395－3615

印刷所／豊国印刷株式会社
製本所／株式会社若林製本工場

定価はカバーに表示してあります。落丁本・乱丁本は
購入書店名を明記のうえ、小社業務あてにお送りください。
送料小社負担にてお取り替えいたします。
なお、この本についてのお問い合わせは、
文芸第二出版部あてにお願いいたします。

N. D. C. 913 250p 19cm
ISBN 978-4-06-525689-3

KODANSHA

木内一裕の本

『アウト&アウト』

探偵を始めたばかりの矢能が呼び出された先で目撃したのは、依頼主の死体と覆面の男。彼の行動が矢能を窮地に追い込む。著者自ら監督した映画化作。
矢能シリーズ第一弾。

講談社文庫　定価：六九二円（税込）

『バードドッグ』

「悪党が考えそうな悪巧みの筋書きは全部知っている」。暴力団組長が殺された。容疑者は全員ヤクザ。元ヤクザの探偵・矢能にしか解決できない事件がある。
矢能シリーズ第二弾。

講談社文庫　定価：七四八円（税込）

『ドッグレース』

今をときめく人気俳優とカリスマ歌姫が殺された。被告は冤罪を主張するが真犯人はすでに死んでいた。依頼を受けた矢能は失踪中の前科者の捜索に乗り出す。
矢能シリーズ第三弾。

講談社文庫　定価：七二六円（税込）

木内一裕の本

『神様の贈り物』

感情のない殺し屋チャンス。バスジャックから乗客を救ったことでヒーローとなったため裏社会の〝育ての親〟に頭を撃たれる。神が彼から奪い、与えたものとは。

感涙必至、前代未聞の結末！

講談社文庫　定価：六四九円（税込）

『喧嘩猿』

生きて、死ぬだけ。幕末アウトロー揃い踏み！

「こんなクソみてえな世の中で、命を惜しんでまで生きてぇとは思わねぇ！」。

誰も読んだことのない講談小説誕生！

講談社文庫　定価：七二六円（税込）

『不愉快犯』

警察は嗤われ、司法はハメられた。

完全犯罪を「完全」に成し遂げるミステリー史上に残る天才悪役登場！

敗北からの刑事たちの反撃を描く傑作ミステリー。

講談社文庫　定価：七九二円（税込）

『嘘ですけど、なにか？』

水嶋亜希、32歳独身、文芸編集者。

新幹線爆破テロと殺人事件――接点は、彼女が恋に落ちたエリート官僚だった。

制御不能な痛快ヒロイン、誕生！

講談社文庫　定価：七四八円（税込）

『飛べないカラス』

一億円の横領犯を捕まえるときに死なせた罪で三年間服役した、売れない俳優・加納健太郎。出所するなり老境の大御所脚本家から「娘が幸せかどうかを確かめてきてほしい」と頼まれた。その女性を捜すうち、今までなおざりにしていた自分自身の人生と向き合うことに。映画への愛が溢れる大人の感動ミステリ。

講談社文庫　定価：七四八円（税込）

『小麦の法廷』

杉浦小麦、25歳。新人女性弁護士。彼女にとっての初めての刑事裁判は、1日で公判が終わるような仲間内で起きた傷害事件。被疑者との面会を終えて拘置所を出た小麦は、大勢のマスコミに囲まれてしまう。「あなたは殺人犯のアリバイ作りに協力しているんですか⁉」。——えっ！　なに？　どういうこと⁉

講談社　定価：一六五〇円（税込）